U0120183

中巴
亚洲经典著作互译计划

Pakistani Short Stories

无花果树的花

巴基斯坦短篇小说选集

巴基斯坦文学院 编

［巴基斯坦］尤瑟夫·库什克 主编

邓育渠　刘洋 译

译林出版社

图书在版编目（CIP）数据

无花果树的花：巴基斯坦短篇小说选集 ／ 巴基斯坦
文学院编；邓育渠, 刘洋译 . —南京：译林出版社，
2023.11

书名原文：Pakistani Literature (Vol. 21, 2020-21, Issue 1-2) Special Issue: Pakistani Short Stories

ISBN 978-7-5447-9179-3

Ⅰ.①无… Ⅱ.①巴… ②邓… ③刘… Ⅲ.①短篇小
说－小说集－巴基斯坦－现代 Ⅳ.①I353.45

中国版本图书馆 CIP 数据核字（2022）第 083330 号

Pakistani Literature (Vol. 21, 2020-21, Issue 1-2)
Special Issue: Pakistani Short Stories
© Pakistan Academy of Letters
Simplified Chinese edition copyright © 2023 by Yilin Press, Ltd
All rights reserved.

著作权合同登记号　图字：10-2023-37号

无花果树的花：巴基斯坦短篇小说选集　[巴] 巴基斯坦文学院／编
　　　　邓育渠　刘　洋／译

策划编辑	王玉强
责任编辑	杨玉丹
特约编辑	殷　玥
校　对	王　敏
装帧设计	侯海屏
责任印制	闻媛媛

原文出版	巴基斯坦文学院
出版发行	译林出版社
地　址	南京市湖南路 1 号 A 楼
邮　箱	yilin@yilin.com
网　址	www.yilin.com
市场热线	025-86633278
排　版	南京展望文化发展有限公司
印　刷	徐州绪权印刷有限公司
开　本	850 毫米 ×1168 毫米 1/32
印　张	9
插　页	4
版　次	2023 年 11 月第 1 版
印　次	2023 年 11 月第 1 次印刷
书　号	ISBN 978-7-5447-9179-3
定　价	78.00 元

目 录 │ Contents

编者的话

巴基斯坦文学院（PAL）是本国极具代表性的全国性文学组织，旨在推广巴基斯坦语言文学及文化。该组织不仅致力于将世界各国优秀的文学作品译为乌尔都语等巴基斯坦语言，同时也为巴基斯坦语言与文学发展的地方性团体提供相关资金与技术援助。此外，巴基斯坦文学院还会组织实施各种项目，将乌尔都语及其他巴基斯坦语言的文学作品译成其他各国语言。

该院期刊《巴基斯坦文学》就是基于这一远见而创立的。本期《巴基斯坦文学》特别收录若干短篇小说作品，展现用巴基斯坦主要语言写作的当代文学风貌。本书将成为巴基斯坦当代小说的一份实录。

此番我等谨以绵薄之力略表诚意，立志在不久的将来推出更多这样的优秀作品集。

为纪念巴基斯坦建国 75 周年，巴基斯坦文学院还计划推出一期《巴基斯坦文学》特刊，收录过去 75 年间用英语写作的文学作品。

　　祝各位读者阅读愉快。

尤瑟夫·库什克博士

功勋教授

Dr. Yousuf Khushk, Meritorious Prof.

序言

　　文学研究能洞悉社会与人性。不同形式、不同类型的文学作品记录了同时期人类社会的演化。现存的文学话语让我们得以沿着人类文明的历史脉络，追踪人类思想的发展轨迹。从古到今，人们对于讲故事始终有种执迷。特定地域、年代的各色故事都在探索个人、社会与宇宙的种种话题。

　　本期《巴基斯坦文学》以讲述者视角切入，可对当代巴基斯坦的社会现状管窥一二。这些故事反映了今日巴基斯坦社会的方方面面。从乡村到城市，故事主题丰富，反映出多元问题，手法自然天成。它们也表明：研究当代文学文本必须紧密结合人与社会，这样才能在时局动荡的社会政治环境中寻求解决良方。选篇风格十分多样，有的情节丰富，有的更具现代、后现代短叙事风格。个别选篇还能让读者领略微型小说的乐趣。

　　这是巴基斯坦当代短篇小说首次结集成书。在此感谢巴基斯坦文学院及学院主席、功勋教授尤瑟夫·库什克博士将如此艰巨而庄严的任务交付于我。感谢学院团队全程通力合作。很多作家的作品我们都希望囊括入集。一些本书中尚未呈现的重要作家作品将收录在近期即将出版的另一部文集当中。在此之前，请大家先行赏阅本书收录的精彩故事。

穆尼尔·费亚兹

Munir Fayyaz

宝藏之梦

拉希德·阿默哲德

Rasheed Amjad

宝藏之梦在多年以前就开始了。

一天早上，母亲在吃早餐的时候对他说："我相信我们家某个地方藏着宝藏。"

看到子女们的反应后，她犹豫了一下，说："我昨晚又做了同样的梦。"

"什么梦？"他问。

"同样的……宝藏……我甚至找到了藏宝的地方。"

"那你为什么不把它拿出来？"他嘲弄地问。

"不过……"母亲哆嗦了一下，"我找到了藏宝的地方，但是……"

"但是什么？"妹妹问。

"当我伸手去拿的时候……"母亲又哆嗦了一下，梦境似乎栩栩如生地出现在她的眼前，"有人抓住了我的手腕。"

他笑了："我们听说过宝藏蛇，但它怎么会抓人的手腕呢？"

母亲表情尴尬，答道："你只会把一切当成笑料，但我告诉你，我们家某个地方藏着宝藏。记住，总有一天你们……记住它……记住我的话……"

他耸了耸肩："请快点给我泡杯茶……我上班要迟到了。"

登上公交车时，他有一瞬间想起了母亲的话。宝藏的温暖在他的身体里涌动，像一股暖流，但下一刻，他的目光落到了前面的座位上。她刚刚登上公交车，正偷偷地看着他。在目光交接的时候，他们到站了。经过她身边时，他低声说："回来的时候，我们一起喝杯茶吧？"

她笑了笑，身姿摇曳地向前走去。

她静静地喝着茶。

他问道："发生了什么事？校长女士今天又骂你了吗？"

"跟这没关系。"

"那是什么？"

"你应该让你母亲去我家提亲了。"

他沉默了，过了很久，说："让我母亲拜访你父母也行，母亲也想去，但是……"

"但是什么？"

"我想，如果我是个有钱人就更好了。"

他想了一下宝藏的事：或许我们能在家里某个地方找到宝藏……如果我们能找到它……一股暖流在他心中涌起。

"怎么了？"她笑道，"你若有所思。"

"没错，"他点了点头，"梦是奇怪的东西。"

"如果没有梦想，真不知道像我们这样的人将会怎样。"他补充道。

"还是拿着相同的工资。"她笑了起来。

他们沉默了一会儿，随后她问："那你母亲什么时候来我家？"

"你说什么时候就什么时候，"他耸了耸肩，"不过，如果妹妹们先结婚会更好。你也知道，我父亲去世了，我必须安排好这些事情。"

"我们一起吧，"她按着他的手说，"你现在是一个人，结婚后，我就可以和你一起承担了。"

他什么也没说……只是想着家里某个地方可能藏着宝藏。

晚上，他想让母亲在吃饭的时候讲讲家里的宝藏，但母亲关心的是第二天必须支付的电费和煤气费。

几个月过去了，宝藏和梦的事情都被淡忘了。

在此期间，他的母亲定下了他的婚姻大事。

有一天吃早餐时，母亲又谈到了宝藏："我又做了同样的梦……但是……"她略微停顿了一下，继续说道："但是一只冰冷的手抓住了我的手腕。"

妹妹问道："你怎么没有转头看那人一眼？"

母亲吓得浑身发抖："一只冰冷的手……我的整个身体开始颤抖，然后就醒了。"

他没有说什么，但心想：或许家里可能有宝藏，也可能是某种预示或征兆。

第二天，他的母亲和妹妹们要去拜访他未婚妻家，以确定婚期。

他一个人留在家里。他看了一会儿书，然后不知怎的，宝藏之梦溜进了他的身体，并迅速占据了他的全身心。

他把书放下，开始琢磨宝藏可能藏在哪里。

每当听到关于宝藏的梦时，他的脑海中就会浮现几个地方，但由于害怕被嘲笑，他没有采取任何行动。他从来不敢去检查这些地方，但现在，家里只有他一个人，所以，他从一个旧袋子里拿出锤子和其他工具，直奔院子旁边那间房子内某个旧壁橱的底层。他总觉得底层是空的。或许它的下面或后面可能有一些隐藏的隆起……在移开木板时，他的手受伤了，但宝藏在他体内涌起的温暖使他感觉不到任何疼痛。里面什么都没有。

但他并不感到失望。

他还怀疑卧室里某个地方藏有宝物。在将木板放回原处固定后，他在卧室西墙边挖出了两块砖。他以前总怀疑这两块砖不对劲，但他在那里也是一无所获。他还猜想了其他几个地方，但家人很快就要回来了。

接下来的几天，家人一直在为他的婚礼做各种准备。妻子的到来让他的生活更加便利。妻子的工资也为他解决了许多燃眉之急。家里摆满了她带过来的嫁妆。

接下来的两年里，他的妹妹们也嫁人了。

在这期间，每当母亲谈到宝藏，他的身体里就会涌起新的暖流。有时候，他会在不同的地方挖掘，失望之余又会标记其他地方。宝藏之梦每每让他在温暖中度过了一些时日，然后，他又回到一成不变的冰冷生活之中。

母亲现在不在别人面前谈论宝藏之梦了。或许，她只是避免当着儿媳妇的面提及此事。如果发现儿媳妇在厨房里忙碌，母亲就会环顾四周，然后对他说："我们家藏着宝藏。"

"但是在什么地方呢？"他严肃地问道。

而有时他又以一种轻松幽默的方式说："我要不要把家里的每

一寸土地都翻开看看？我们只有这一幢房子。"

她沉默了，关于宝藏的话题在时间的灰尘里沉寂了许多个月。但母亲在去世前的几天，又反复谈到了宝藏。当儿媳妇从早餐桌旁起身去厨房拿东西时，她低声说："又是相同的梦……这是某种预示或征兆……"

他当时明显没去在意这件事，但随着时间的推移，他对家里藏有宝藏的信念变得坚定起来，偷偷地在怀疑的地点翻翻找找。

一个人在家时，他常常在不同的地方挖掘。当妻子回家后询问他被挖的地方时，他从不回答，而是扯到其他的话题。宝藏的梦境消失了一段时日，后来在某个早晨，他想起了母亲，宝藏又开始在他脑海中闪现。每次妻子带着他们的孩子回娘家，他就把工具从旧袋子里拿出来……他的手受伤了，房屋倾圮又被重新翻修，而翻修过的墙壁使房子的外观显得更加破旧。

最终，在把所有的壁橱、墙壁和他怀疑过的地板都挖开后，他绝望了。多年以后，宝藏的温暖光辉从他的生活中逐渐暗淡，直至消失。

但是，在若干年的某一天，他的儿子在吃早餐时对他说："爸爸！我觉得家里某个地方藏有宝藏。"

"你是怎么知道的？"

儿子停顿了一下，说："昨天晚上我做了一个梦。"

他无法接话……他知道，在他和妻子下个月一起退休后，他的儿子将不得不承担这个家的重担。他感觉到一只冰冷的手放在他的肩膀上。一种未知的恐惧笼罩着他。他非常惊讶地看着自己的儿子，心想：也许，我们的梦也会被后代继承。

我曾穿过一座人口众多的城市

穆斯坦萨尔·侯赛因·塔拉尔

Mustansar Hussain Tarar

我躲避他人。

我逃避妻子的目光。

每当孩子们来到我面前，我总是对他们大喊大叫，仿佛我自己犯下了什么罪过，被他们逮个正着，从此他们便以为自己的父亲品质恶劣。我的秘密已然泄露。我像猫一样胆怯，尾巴夹在两腿之间，生怕第一块石头砸下来，自此万劫不复。

我叫纳西姆·博哈里，一个琐事缠身的中年男人。日渐稀疏的头发已无法抵挡骄阳对皮肤的刺射与炙烤。多年之前，我的眼周便已现出乌鸦的爪印，消磨了双眸的光辉。身上的肌肤已经变得松弛，如果捏起手背的皮肤，它便一直皱缩在那里，迟迟不肯平复。洗完澡之后，每当我精心打理稀疏的头发，努力掩藏光秃之处，却总会在不经意间看到自己赤裸的身体，心生一阵憎恶之情。

我大腹便便，肚皮有如生育过众多子女的老妇，后臀也已然下垂。曾经充满挑逗与孕育之力的沃土如今却只剩枯枝败柳，了无生趣。现如今，我的性趣已然枯竭凋萎。欧内斯特·海明威在自传中曾写道，如果男性的精液不再奔涌，他便失去了活着的权利，必须自行了断。如果人生真是如此，那我多年前便早该自我了断。换句话说，和巴基斯坦那些人到中年的平庸之辈一样，我的生活一直顺风顺水，清醒朴素，稀松平常，而我也心满意足。我既不抱怨，也不灰心，更不会梦见有朝一日所有梦想都归于潮泪。活力已全然干涸，余火已经烧尽，而我很知足。

年老的种种迹象已不可避免地出现在我的生活之中。我蓄了胡须，而且坚持每日五次祈祷，一次不落。不像有些信徒，我从来不疏于基本的清洁之道，每次洗礼也不会随便洒点水了事。对于洗礼之事，我是那种仔仔细细、一丝不苟的人。蹲在身旁的人哪怕将一滴净身之水溅在我的衣服上，我都会重新洗过。人们对洗礼中蕴含的哲理一无所知，不然一定会勤于此业。

我行礼总是比他人更加长。之前读到过圣人的话：如果行礼的人总想着起身，那便不是虔诚的礼拜，而只是干活儿。我总是虔心忏悔年少时的执迷，还会泪湿清真寺内的地毯——那还是某位商人善心捐赠的。不过，这样的机会如今也不多了。过去这几年，我一直坚持斋月禁食，但塔拉威祈祷[1]却没做成。尤其不好意思的是，站立时间一长，我就开始打瞌睡，两个膝盖因为疲倦与虚弱开始相互打架。那些圣书之词于我也失去了意义，变成了耳边不断鸣响的嗡嗡声。我责备自己，然而个中奥义依然不见明朗。

简而言之，这份中年人的中产生活我倒也过得十分满足。身为

1　斋月期间逊尼派穆斯林每晚都会进行的特别祈祷。

一个没出息的丈夫，我早已无法满足妻子依旧旺盛且理应享受的激情之欲。

我这辈子一直都认认真真，做一个负责的父亲，一个顺从的中年丈夫，从不猜疑，从不闯祸。我不知该如何形容自己毕生唯一钟爱的喜好。按照惯常的说法：我爱诗歌爱过了头——不是写诗，而是背诗。这不是什么古怪的爱好，然而我却别有异趣。如果我是醉心于迦利布[1]、米尔[2]、穆敏[3]的诗歌，这种热情倒也还说得通。然而，我爱的却是异域诗人之作。

我不敢公开表达对这些诗人诗作的欣赏之情，因为在我们这个社会，这种离经叛道的行为一定会受到惩罚。因为诗人诗作偏离了自己的传统与文化价值观，失去了爱国情怀与语言精髓，人们将其视作对西方文化的生硬模仿。对于诗歌，我并没有渊博的欣赏理论，也不具备什么出众的品评能力，但我也的确是此类文学的忠实读者。我总觉得，我们的诗歌中只有尖酸刻薄，故事传说全都围绕着花朵与夜莺展开，感叹着心爱之人与爱的争夺，抒发着不满、无力以及为生存所做的牺牲，哀怨着爱人的背叛。除了悲叹自己不幸之至、动不动就求死之外，便再无新意。这些凄厉之词中偶尔也有些许神秘主义色彩，无奈整体的色调太过昏暗，即便有色彩也凸显不出。我无意依据读者的个人之见与人激烈争论，这些想法很可能有欠完善，因为诗歌还有着不为诗人所知的其他世界。普希金、裴多菲、里尔克、纳欣·希克梅特、芙茹弗·法洛克扎、马雅可夫斯

1　米尔扎·阿卜杜拉·汗·迦利布（1797—1869），印度穆斯林诗人、散文家。

2　拉苏尔·米尔（1840—1870），19世纪克什米尔著名浪漫主义诗人。

3　莫敏·汗·穆敏（1800—1851），莫卧儿时代著名诗人。

基、索永、洛尔卡、聂鲁达、艾兹拉·庞德、埃利亚特、纳博科夫、马哈茂德·达维什、尼扎·奎班尼、拉苏尔·伽姆扎托夫，这些诗人带我们踏上探索宇宙的旅程。我的确是受到了"西方化"影响。在我最为喜爱的诗人中，有些来自邻近之域，有些则来自非洲或南美。不过话说回来，一切超越我们视野所限的事物都来自"西方"，而那些越限之人都受到了"西方化"影响。

在某个力不从心、无聊窘困的中年之夜，我像个白痴一样看着电视——那东西也叫作"白痴盒子"。节目内容涉及政局，我看得专心致志、目不转睛。双方针锋相对，彼此攻击。时明时暗的光亮业已消失。我要透露一个秘密。据说，一些非凡之人会在非凡的境遇中感受到觉醒时刻，而这种人就是运用此类官能应对这种情境。停电已经成为我们生活的例行之事。

之前有段时间，有种感觉在我的意识中豁然觉醒。起初，我和身边的熟人对此并不相信，毕竟这是圣贤才有的预言之力。光亮全熄，电视荧幕一片漆黑，冰箱不再嗡嗡作响，整个房子全然笼罩在黑暗之中。紧接着，我做出预测：电力输送将在三小时二十五分钟之后恢复。让我来告诉你这种预感如何得来：每一次供电出现故障，灯泡都会闪现一道特别的亮光，然后熄灭；电视黑屏的方式不同寻常，连冰箱的声音也略显特别。我就像医学专家一样，根据这些征兆预测供电何时恢复。

再回到刚才提起的那个夜晚。由于减载停电，周围一片漆黑，而刚刚获得的感知力告诉我：电力将在四小时二十二分钟之后恢复。坐在电视机前无济于事，于是我进了卧室。

我并无睡意，便从靠墙的桌子取来一支中国制造的长蜡烛点上。蜡烛不是很亮，还时不时噼啪作响。习惯那声音与火苗后，我来到书架旁，随便取下一本落满灰尘的书籍，就好像哈菲兹《诗颂集》中做占卜的场景一样。我挑好了书，用手抹去书名处的浮尘，这才发现手中这本原来是沃尔特·惠特曼的诗集《草叶集》。这还是大约三十年前我受书名的吸引而买来的。当时我将自己的名字和买书的日期写在第一页，把书放上书架后便忘在脑后。陈旧的纸张和我一样，已然变得棕黄无趣，仿佛一个在地上打滚的孩子，你一边斥责，一边还会怜爱地帮他拍打，身上的灰尘在空中飞舞。

这本出版于 1855 年的诗集就是这样一个满身尘土的孩子。我右手拿起书，用手掌拍了拍。散发着自然陈香的泛黄书本泛起细微的尘云。每次在手中翻开一本诗集，我总是惯于从第一首诗或者第一首"加扎勒"[1]开始读起：那位心血之作遭人反对的艺术家如今身在何处？[2] 然后，我再随便一翻，像凶猛的大鹦鹉一样草草扫视眼前的书页。如果诗人的技艺、节奏、用词与手法令人叹服，让人有"我懂，本人心中亦有同感"的共鸣，那么我便会一直读下去。惠特曼的诗我多多少少接触过一些。他的每首诗都是那样引人入胜。第一首这样写道：

> 突然间，从它陈腐而静谧的巢穴，奴隶的巢穴中，
>
> 欧罗巴如闪电般一跃而出，连自己也略觉惊愕；
>
> 它的双脚踏着骨灰与烂衫，它的双手紧紧扼住一个个君主的喉咙。

1　一种起源于阿拉伯、以对句写成的抒情短诗。

2　此处转译 M. 沙希德·阿拉姆 2003 年夏天发表于《芝加哥评论》之译文。

诗中老套的意象与旧世界的故事不甚符合我的意趣，我并没觉得有多了不起。

不一会儿，我合上《草叶集》，再次轻拍这个陈旧小土孩儿的后背，四散的微尘比先前少了许多。我又随手翻开书，一首饱含东方热情的诗使我停驻：

> 今日今夜请与我停留，你将知晓一切诗歌的源头；
>
> 你将拥有大地与太阳的精华（此外还有数百万个太阳）；
>
> 你所得到的不再是二手、三手之物，无须再借死人的眼睛观察，也可以摆脱书中幽灵的束缚；
>
> 你也不用借由我的眼睛瞧看，不必通过我接触事物。
>
> 你将倾听各方的声音，自己过滤所有。

我本可以在这首诗的房宅中停步，另一首诗却又让我无家可归。经历了进化演变的各个阶段，男人们在狩猎的过程中懂得妇女与孩童并非这世上唯一的生命。他们开始怜惜马儿，每次藏身洞穴之时，便会在石上雕刻出马的形象。有时候，他们雕刻的马儿有着中国的孔子所处年代的形象；而有时候，它们又像贝赫扎德[1]画中那般鲜活。简而言之，但凡文明昌盛之处，必然少不了马的雕刻形象。即便是在今日，马·菲·侯赛因[2]与萨义德·阿赫塔尔[3]也在绘画中表现出对于这种动物的喜爱之情。侯赛因描绘出《摩诃婆

1　卡马尔·乌·丁·贝赫扎德（1455—1535），波斯著名画家。

2　马克布尔·菲达·侯赛因（1915—2011），印度著名艺术家。

3　萨义德·阿赫塔尔（1938— ），巴基斯坦著名画家。

罗多》中的英武战马。阿克塔尔笔下的骏马在卡尔巴拉[1]战场上失去了骑兵的陪伴，恐惧忧伤，垂头丧气。还有传说中的马形神兽布拉克，先知骑着它到达了连天使之羽都不敢造次的圣域。不光是画家，就连诗人——尤其是异教盛行年代的阿拉伯诗人，同样表达了对马的歌颂：

> 玉树临风的骏马，它精神抖擞，回应着我的爱抚；
> 它昂首挺胸，双耳之间面容舒展；
> 它四肢油亮矫健，尾巴撩扫大地；
> 它眼中闪烁着凶恶，双耳轮廓分明，灵活而动；
> 玉树临风的骏马……

我曾在纽约城郊的长岛待过几天。某日傍晚，一位头发雪白的英俊好友来住处接我，带我到他位于长岛岸边的家里欣赏海滨风光。公路上挤满了大大小小，或光鲜或笨重的车辆，有的款式新潮，有的已经老掉牙。突然，我瞥见路边的一块路碑。虽然只是匆匆一眼，但至少看清了"沃尔特·惠特曼路"的字样。那时的我并不知晓这位诗人的英名轶事，不然一定会恳求那位好友："停车……拜托停车。有位诗人就降生在这条路边的某幢房子里。正是因为他的一首诗，我才开始躲避俗世。"

我逃避妻子的目光。

1　今伊拉克中部城市。

每当孩子们来到我面前……

是他泄露了我的秘密。

然而，那时的我尚处愚昧，一无所知。不然的话，即便友人不肯停车，我也一定会严词强逼："停下！"

附近房舍中的灯盏亮着微光。那边的不间断电源系统状况要好一些，不用像我这里一样，因停电而陷入黑暗。几天前，位于我家厨房石板之下的不间断电源系统出现了故障。因为收入有限，吝啬的我听信了电工的花言巧语，只想装个二手装置，好省点钱。结果那破东西装上就坏，所以我家才漆黑一片。不过，与周围的邻居相比，我倒有一项优势：他们以为再过半个小时或者一个小时就能来电，一个个正盼得迫切。我就不然，只有我能凭借直觉预知停电的确切时长：四小时二十二分。为了应对这种情况，我在桌上并排立起四支粗粗的蜡烛。第一支已经燃尽，第二支也越烧越短，周身挂着热蜡垂凝而成的烛泪。过去这两小时二十二分钟中，我一直在翻阅《草叶集》，吃力地读着惠特曼的诗作。烛光摇曳不断，纸上的文字也忽明忽暗，抖晃不停。

那天夜里，一个奇怪的秘密自行显露在我面前。

如果借着电灯的光线读诗集，诗句便清晰明了，其意自现。而同一本诗集，如果是借着摇曳的烛光阅读，不仅是斑斓的光线十分晃眼，闪烁的烛光中，诗句的意义也变了，就连瑰丽的诗情也会黏附上身，如同寄生的丝草将你缠住。

第二支蜡烛也燃烧殆尽，如巴别塔一般倒下。我点燃了第三支。紧接着，惠特曼那首诗如挣脱牢笼的鸟儿一般振翅飞到我眼前。它泄露了我的秘密，让我无颜正视世界，它让我变得一文不值，令我背负污名。

我全然不知惠特曼究竟如何深入了我内心的隐秘之隅，并将我藏在那里的秘密袒露在他的诗中。那一刻，我对惠特曼厌恶至极，因为他将我原本平静顺遂的生活搅得乱七八糟。

> 我曾穿过一座人口众多的城市，将它的样貌、建筑、习俗、传统印刻在脑中，以作未来之用；
>
> 而现在，我对那座城市的记忆只剩下一个偶然遇到的女子，她曾为爱而把我留下；
>
> 我们日夜厮守——其他的一切我早已忘却；
>
> 我记得自己只是说，那女子将我紧紧缠住；
>
> 我们再度流浪，相爱，又再度分开；
>
> 她再一次握住我的手，不让我离开；
>
> 我看到她紧挨着我，无声的双唇忧郁地颤抖着。

我曾穿过一座人口众多的城市……

我双手染血，被抓了个现行。

这是只有我和一位女子所知晓的秘密。可恶的惠特曼，他明明住在长岛的家中，究竟是如何在连地名都不知晓的情况之下，大老远来到我所在的东方城市？偌大的城市，居民数以百万计，而他偏偏找上我，揭露一个中年人的秘事！他某夜在长岛的家中写下这首诗，又是如何知道我曾穿过一座人口众多的城市，在那里偶遇一位女子，她将我紧紧缠住？他怎会知道我们一起流浪、相爱，又分开？难不成在女子握住我的手，不让我离开之时，他就像间谍一样在附近注视着？

念诵到最后一行，我因诗中暴露的秘密对他又怕又恨。就在此时，突然亮光一闪。电视机又恢复了活力，冰箱嗡嗡作响，微波炉中的物体也明亮可见。眼花缭乱之中，我的罪行昭然若揭。

我有些悲伤，不过也不似多年以前。如果当初在人口众多的城市邂逅那位女子之时秘事暴露，想必是悲情尤甚。而如今，已经过去了这么久，我已过上满意的生活，每日五次拜倒于真主面前，为自己犯下的、未犯下的罪过而忏悔，以至于泪湿清真寺的地毯。这样的生活一路平坦，不见半点波澜。在这种满足到疲乏的颓丧年月里，是惠特曼扰乱了我有条不紊的幸福生活。卑鄙至极莫过如此。

我像雨中淋湿的猫一样躲着家人，自知惭愧而无地自容，眼神也总是在逃避。我默默地诅咒那位诗人。本想修好来世，却因他而原形毕露。

很多时日就这样滑过。

那些天，我眉眼低垂着穿行于家中，活像吃掉宠物鹦鹉的羞愧猫咪，谁也不敢看。

又过了许多天。

某日，因为下垂的眼皮乏累，我偷偷瞄了一眼四周。而我万万没想到，妻子脸上居然毫无怀疑之色，微笑着从我跟前经过；孩子们也像没事人一样毫不在意，一个个还是那么乖巧，那么毕恭毕敬。一切与平常毫无二致。

我的手上没沾上任何颜色。如此一来，我便没有血手遭擒。

也就是说，他们根本不知道我曾穿过一座人口众多的城市，不知道我在那里偶遇一位女子，不知道她将我紧紧缠住，更不知道我们一起流浪、相爱。他们不知道。可是，为什么会不知道呢？为什么他们毫不知情？他们肯定知道，肯定清楚，我曾穿过一座人口众多的城市，我在那里偶遇了一位女子，她将我紧紧缠住。即便是现在，我依然能看到她紧挨着我，无声的双唇忧郁地颤抖着。他们肯定知道。

我希望他们知道，可惜事与愿违。妻子毫不怀疑我的人品，孩子们也不觉得丢脸。生活一切照常。

忧郁的蜈蚣紧抓住我不放。我羞愧难当。明明希望他人知晓，他人却一无所知，这让我这个大男人不免一阵惶恐。他们又怎么会知道呢？

那个女子并不存在。

一切都是渴望，都是幻想与错觉，都是我异想天开，庸人自扰。

那个女子从未存在过。

跨过中年门槛的男人都已经被生活的烦恼折磨得筋疲力尽，形容憔悴。于是，他便在想象中创造了那位女子。女子与从人口众多的某座城市经过的他偶遇，让他驻足，深爱他，缠着他。

每个男人都需要一个幻想中的女子。这样才不会在艰难时日和无尽的渴望中失去温情，余生才有所寄托。他希望自己的妻子儿女不会将他像毫无价值的废物一样抛弃。因此，他希望家人责备他，把他的幻想当作现实。家人必须怀疑他，而不是将他当成没用的废物丢进垃圾箱。那位女子并不存在于和你偶遇的城市，不存在于这个世界的任何地方。一切错觉与幻想都源于中年人对遭人抛弃的恐惧。的确，你没有见过那位女子，没有与她偶遇，没有和她一起流浪。你没有爱过她，却总能感受到她的温存，直至生命的最后一刻。你能感觉到，她颤抖的双唇紧贴着你皱缩的嘴唇。

我曾穿过一座人口众多的城市……

家

阿萨德·穆罕默德·汗

Asad Muhammad Khan

我从不出门，害怕出门就会丢了性命。我想待在家里。外面有很多凶恶狂徒，腰上只围着一块脏兮兮的馊布，四处游荡。这些人手里握着的橡皮矛枪，老远看去就像塑料玩具，一副人畜无害的模样。然而，我却目睹他们痛下杀手。他们将矛枪扎进我弟弟的左眼。矛枪穿破头骨，从后脑勺冒了出来。如今，他成了一副丑得令人看不下去的可怜样。如果被矛枪刺穿了头骨，这人还怎么戴帽子，怎么睡觉……没办法，我弟弟只能光着脑袋四处乱晃。我提醒过他，叫他别出去，可这小子在家根本待不住。年轻人总是想出去感受什么混账生活，结果却被矛枪扎中，连帽子也没法戴。

　　我已经很长时间没出家门了，因为根本不需要。我家要什么有什么，可以一连几百年自给自足，谁也别想逼我出去。我家的大门起初建在一棵巨大的菩提树下，后来，我家的房子围绕着大树越建越大，越建越高，高过了树顶。如今，我家的楼梯一路延伸到菩提树最高的枝杈处。中午的时候，还有椋鸟和青鸟在枝头避暑。事实上，那棵菩提树已经被埋在我家的地板之下。有时一想到屋子底下、床底下、三角桌下、水槽底下埋着活物，我心里还会一阵难过。我们在它上面走来走去，换遮裆布，还会咳嗽几声，弄点动静出来。

以前，因为年幼无知，缺乏阅历，我一直把这棵活生生的菩提树当成石头，或者是青铜做的大树模型之类的东西。有时，在困倦的午间，我会听到河边磨坊的动静以及公鸡打呵欠的咕咕声，这些声音令我昏昏欲睡。但即使在昏沉的睡意中，我也知道，那清嗓子一样的声音——或者说带点沙哑的"嗒—呐—呐—嗯"的乐音绝不可能是菩提树发出的声响。若真是菩提树发出这种声音，那它一定是一棵树干中空的老树，深埋地下，"嗒—呐—呐—嗯"的乐音从空洞的亮铜树干中穿过，犹如芬芳之气从空调管道处的呢绒布沁溢而出。我从未想到一棵结实、潮润、活生生的菩提树居然还能发出这种声音。一条条润枝深深扎入大地，它们为许多椋鸟、青鸟以及因我家建屋而失去空气和阳光的生灵提供了栖息之所。很长一段时间里，我总以为空气和阳光只是用来晾干遮裆布的，树木、椋鸟要这些东西没用。

一开始就有人告诉我：我是个勇士，矛枪、遮裆布都是基本必需品。他们说空气、阳光、山涧峡溪都是用来洗晾矛枪和遮裆布的，还说有什么风驰电掣的战车，凶悍如恶魔。那段时间我一直大门不出——某一次出门后也再没出过——干吗要出去？家里和附近周围有很多东西吸引着我。屋后流淌着帕特拉山涧，水边零星长着竹子和芦苇。绘制地图的人给了它一个数字代号，第几号水道什么的。他们无知地以为它并不起眼。然而下了四五天小雨后，细流就会伸长手脚，侵噬周围的农田，绿野被冲得生气全无。看到它腋窝和下腹长着湿润的芦苇和竹子，我不禁一阵羞愧，感觉就像看了禁忌之人的私处。而我就是衣衫，睫毛低垂，为她那里提供遮挡，我想保护她免受一切邪欲之害。然而，在多雨的印度历"沙旺月"[1]和"巴登月"[2]，你却总能看到黑色土地上那慵懒摇曳的丰腴艳姿。我总是为她的安危揪心，想象着谁会将她掳走，又将如何对她图谋不轨。

浓密的雾帘如无形的针雨，遮住了彼岸明晰的物景，左右绵延似长达数里。

浓雾笼罩的山涧传来某种声响，仿佛来自遥远的过去。我走入山涧中，水没上我的双肩。我努力找寻着某种呼唤声："嘿，帕特拉……嘿，帕塔利亚……嘿，瓦伊西亚……嘿，卡兰吉亚……"紧接着，一阵陌生的哀号伴随着哽咽声从冰雾中传来，那声音犹如针刺，仿佛一个老奸巨猾的骗子在口出恶言。总有一天我会掐住他的后脖子，把他的脸按在泥巴里。

某一日，我还真的冲他大吼："喂！死老头！把你的嘴闭上！"正在气头上的我还站在水里尿了一泡。做下如此不堪之事，我连忙跑回家，一连好几天不敢靠近山涧。我只是待在家中，那四个乐音仍不绝于耳："嗒—呐—呐—嗯"。

也许之前我没说，那最后一个声音听多了很像"嗯姆"，有小提琴动听乐曲的冲击，偶尔还有铃响的韵味。最后这声"嗯姆"不只是乐音，它消失在暮色虚空的无常之界。也许是因为回声，但整

1　阳历的七—八月。
2　阳历的八—九月。

串乐音更像在渐渐消逝，而非回荡不绝。一棵被埋没的菩提树竟然能发出如此丰富的乐音，实在令人称奇。不过，我也渐渐懂得了这些。故事开头提到过，我曾以为那菩提树不过是一尊石刻，就像绘制地图的人一样将那山涧叫作水道，而干草堆上那架未系公牛的推车也被我当成了一堆木头和竹子的废料。

接受事物需要过程，而这个过程往往又是潜移默化的。然而，当你在肌肤下、睫毛后、肚皮下、延髓周围或者退化消失的尾骨处感觉到它们，我们便相信它们的存在，并为之惊讶不已。就拿这个推车来说，谁也不知道它在那里多久了。但自从那天有人跑来告诉我，说在离我家老远的地方，一群破衣烂衫的武夫将那支明晃晃的橡皮矛枪捅进我弟弟眼里，害他之后只能光着脑袋，那时我左边的眼球就已经感知到了那东西的存在。矛枪捅进眼里，还怎么戴帽子？还怎么睡觉？

当然，你也没法好好哭——哭也有很多讲究。缠腰的服饰必须得体，要在地上铺一块方格毯，炉中焚香……这可要动不少脑筋。不然人家会掐住你的后脖子，把你的脸按在泥巴里。正因如此，你才无法为山涧哭泣，为干草堆上的推车掉泪，更没有理由为菩提树伤心。椋鸟、青鸟谁都可以杀死，在哪里都一样，而缠腰布永远都向神明创造的最美丽、最脆弱的生灵敞开。橡皮矛枪都能用来袭击，而勇者之心则是神明战车上的雄鹰。

可是，我很想哭泣，因为我是神明所造的一只惊恐的鸽子。正因如此，我才弄来一只沉甸甸的檀香木盒，并以库法字体[1]刻上万

1　伊斯兰书法中最为古老的字体之一。

能神明之名。当我听到家门外有战车雷动、矛枪飞射或是缠腰布抖动的声音，抑或是围栏像秃鹫的巨翼一样猛烈的拍打声，我就会躲进那个刻有神明之名的檀香木盒，然后把盖子合上。我愿为神明创造的一切美丽、脆弱的生灵祈祷，为瓷杯、瓷碟祈祷，为阉人、为许久失传的古卷祈祷，为鸽子、椋鸟、青鸟以及浊流之上的水蜘蛛祈祷，为白色、蓝色、粉色的莲花祈祷，为督建医院大楼却倒地猝逝的戈利·尚卡尔祈祷，为那棵菩提铜树祈祷，为帕特拉山涧还有那架没有牛拉的推车祈祷。我为家家户户女儿们的洋娃娃祈祷，为一顶顶小帽、旧毯和莫拉达巴德[1]风格的雕花剃须用具箱祈祷，为三件套女装和马哈茂德·哈什米祈祷，为深红色克什米尔披肩祈祷，为土陶水罐的铁架祈祷，也为众多无权无势的老弱之人祈祷，我祈祷能得到些许喘息……而神明应允了我，令我得以歇息。我从沉重的木盒中出来，听到战车的垂死之声，听到橡皮矛枪的锐鸣，听到缠腰布的抖动声，随后又听到地上传来清嗓一般的声音。这还是我第一次听到这样如狂喜一般"嗒—呐—呐—唥"的声音，仿佛连地板都要裂开了。末音越过模糊的反复之界。铜音嗡鸣，抑或从未发生，却有一丝余韵许久萦绕。随后，地下再次传来第一个乐音，然后是第二个，第三个，第四个，源源不断。我已被浸润其中。

现在的我不想感触什么混账生活。我只想在家过日子。谁也别想逼我出去。

1　印度北方邦的一座城市。

忘恩之徒

哈山·曼扎尔

Hassan Manzar

22 岁时，我到国外旅行，去的都是儿时起便读到或有所耳闻的地方。太平洋岛屿、印度的北界与南端、非洲热带丛林的住民以及从阿拉斯加到西伯利亚的吉卜赛人，他们的异域生活是多么怪异而新奇！

之前在书上读到，有些地方的女性会出征打仗——不是打嘴仗，而是动刀动枪。我曾想象过她们的丈夫守在家中，等待妻子夜晚归来的情景。

玛格丽特·米德[1]和她的团队毕生致力于对这些岛屿的研究。他们发现，在那些女人负责上战场的地方，男人们负责照看子女。至于照看到何种程度，研究中没有说明。

在一些地方，家族成员会食用故去亲人的尸体；而在其他一些地方，死尸则留给秃鹫和胡狼。因纽特人的家族首领会将濒死的亲

1　玛格丽特·米德（1901—1978），美国人类学家。

人安置在特别建造的雪屋里。雪屋距离亲人的住处有一定距离，而且族人会用冰块复制出将死亲人原本的住所模样。一张兽皮便是临终的卧榻。封上雪屋的入口，所有人各回各家。其后，大家会在一个特定的日子重返雪屋，此时的他们已经可以肯定，亲人已经往生。返回只是为了确认。

无限的好奇使我热爱旅行，也促使我探究其他旅人和人类学家所忽视的细节。例如，因纽特人如何处理密封雪屋中的尸体？是家人自己吃掉，还是和我们一样，在习俗仪式过后拿去喂熊狼野兽？或者在厚厚的冰面挖个洞，把尸体放入水中，让海豹连肉带灵一起吞食，以免灵魂四处游荡？

有些地方的人绝不碰触任何死去的物体，包括蝗虫。还有些地方的人则什么肉都吃，更是煞费苦心地食用各种猴子。我现在就站在一名观光客的角度，来描述一二。

首先，他们把猴子丢进热水沸腾的铁桶之中，再捞出来，用屠夫的切割刀钝刃给猴子剃毛，然后便可以加入红辣椒和非洲的香料进行烹制。最后，猴子变成一道美味菜肴，被呈在餐食中央。所有的眼睛都盯着那具热气腾腾的身体，但没有人伸手——要等到什么时候呢？家族的首领会率先将猴子的脑袋砸烂，抱着猴脑吃个痛快，因为只有首领有享用整个猴脑的特权。换句话说，头脑在当地文化中的地位不比在崇尚科学技术的国家里低。首领吃完后，大家再用大米饭或者山芋泥就着猴子肉大快朵颐。筵席结束时，猴子已经被吃得干干净净，连皮都没有留下。和我们一样，这些人也从不浪费食物。

简单烹食的野生啮齿动物便可以让人吃得津津有味；巨蟒或

者其他健壮的蛇类则称得上一顿饕餮大餐。一只野鼠配米饭或木薯足够两三个人吃，其余人可就吃不上了。人们经常把野鼠放在火上烤，烤着烤着，鼠尾会渐渐消失。

这个多姿多彩的世界吸引着我。不过在那段时间里，我对自己的嗜好还没能做出这样的概括。此后，陈设富丽、采光考究的城堡、王宫、大教堂、寺院、佛塔、陵墓、摩天大楼、剧场和商铺不再令我动心，而窄巷密聚的集市中，每晚走上阳台的美艳女子，对我则全无吸引力。比起王公贵族用大理石和红砖修葺的崇拜场所，村中简陋的小清真寺更得我心。

很久之前，当埋头书海，好奇着异域居民过着何种生活时，我心潮澎湃，却难以名状。

在西藏，雅鲁藏布江在喜马拉雅数千尺下的山谷奔腾。峻峰两侧，人们在岩石上筑起房屋，从洞穴处延伸而出的外部结构如悬浮一般凌空栖架。里面的人如何生活？他们定要纪念婚丧生辰，但究竟怎么做到的？我想去亲眼见识一番。彼时的我还不知道"观光"这个词。

后来长了些年岁，理智开始告诫我："你若是卷进这个旋涡，怕是身家性命不保。结婚吧，做个顾家的男人。活得体体面面，兴许有朝一日还能跻身政界！"毕竟那时的我是地主之家冉冉升起的旭日。

我不会埋怨所爱之人将我抛弃。当初是她主动向我示爱。我们两人年纪相仿，而她的心智比我早一步成熟，之后嫁给了别人，与婆家人一起生活。令人唏嘘？我也说不清。那几天，我避不见人。而她从来没有问过我好不好，有没有想她。

我实在无法与其他人共度余生。

不过，一个充满魅力的全新的世界对我敞开了大门。那里有各色虔诚之心，人们为赢得上帝的眷顾，经受了忧虑、恐惧以及各种无畏之举与仪式。有时，一个人犯下罪过后，便会到村子中央献活祭以求救赎。白日通奸献公羊，夜晚通奸献公鸡。许多罪过如果是夜间犯下的，则没有白日里那么严重。这是大自然对人类的让步——罪行也能打折！

我突然想起这样一件事。那时我年纪还小，甚至还要跟母亲一起睡。不过，我一直对女人们的闲言碎语多有留意。

一天夜晚，父母二人正在聊天，声音也一如往常。我听到了一则关于某位女子的怪诞故事。我从未见过那位女子，而父母交谈之中也未提到她是某某的母亲或者某某的儿媳，所以估计他们也不认识。这女子肯定是个外来人。不过，她所做的事却是人尽皆知。此人无儿无女，这倒也不是什么稀奇事。有些人有，有些人没有。不过，那时的我对这种事充满好奇，有一次，还当着一众女人的面问我母亲："为什么有丈夫的女人就有孩子，没丈夫的女人却没有？"

庆典，订婚，婚礼数日前装点黄裙，举行婚礼，孩子出生，夫妻之间日常拌嘴，这些都是聊不完的话题——总也少不了！

"为了怀孕，她千方百计进行尝试。"母亲如是说。看大夫、拜圣墓、求护身符、请结婚第一年便诞下子女的年轻母亲诵《古兰经》，她通通试了个遍。更夸张的是，她还收集了人们带去麦加清真寺庭院的鸽子粮，里面还夹杂着扫帚丝。父亲说，她将那些剩鸽粮磨成粉，做成面饼，一连吃了十天。

"她丈夫经常打她，有时候还在夜里把她赶出去锁在门外。"听到这里，我也害怕地流下眼泪。孤零零整晚待在街上，外边的野狗肯定会围着她吠叫，那可怜的女人得有多害怕啊……有一回我被野狗围上，还是路人救了我。

"有一天，她趁丈夫不在家时，打来几桶水洗了个澡，连身子也没擦就湿漉漉地坐在家里的神圣经书上——而且是一丝不挂！"父亲说着，母亲在一旁小声嘟囔着，祈求真主的原谅。这下子我更害怕了。"究竟是谁教她做出这种邪恶之举？"

傍晚，丈夫回到家，敲了很久也没人应门。妻子就是不肯开，他只能强行破门。家里空无一人。他进了屋，发现一把恐怖的锯子正对着他。他把锯子甩开，可那东西却跟着他追出了家门，谁也捉不住它。

母亲一边流泪一边重复着："上帝仁慈。她是无辜的。"

"木台的阅书架上摊着那本湿透的《古兰经》。"

母亲央求道："求求你，看在真主的分上，别再说了！"

印象之中，那晚睡觉时我把母亲搂得紧紧的，比以往任何时候都要用力。其后多年，我总也摆脱不了那种想法，总觉得杂物区的每一把锯子都曾有一段做女人的前世。

我曾幻想太平洋岛屿奇观遍地。无论走到哪里，都会发现某个新奇人种。我相信，岛上动物的生活与行为方式一定会让我们的老虎、猴子、熊和土狼目瞪口呆。

吉姆·科贝特[1]毕生相当一部分时间用于探索喜马拉雅丛林以及撰写相关书籍。他的某本书中曾提到一个生活方式十分离奇的部

1　吉姆·科贝特（1875—1955），英国猎人、自然主义者。

落。具体的细节我记不太清了，但他提到部落中的男子在田里和果园劳作，而女人们则料理家事。男人们负责改善坚硬的土地，使其适于耕种。他们犁地、播种、灌溉庄稼，可能还要挑水回家。男人们还要负责出门砍好柴带回家。女人说饭做好了，可怜的男人便手持两件吃饭的家伙等在门外，即便有客人在家中也是一样。女人将餐食盛在盘子里，男人坐在门阶上吃，吃完就着女人从他头顶小心倒下的水漱口，如此一来餐具便不会撞出声响。即便是电闪雷鸣、大雨倾盆，吃饭的方式也是一样。

吃了饭，男人便继续劳作。如果时间允许，他便光着脚回屋躺倒。管他叫"一家之主"就像称叫花子为"游吟诗人"一样可笑。如果男人夜里爬上女人的床，她不会大惊小怪；反过来，如果女人进了男人的小屋，男人也不会觉得意外。

科贝特可能也试图理解过这样的生活方式，但一两次之后便有了疑问：为什么会这样？为什么不和自己的妻小一起吃饭？为什么她在屋里吃得舒服，而你却像个乞丐、帮工一样坐在门外？！

有些人自嘲道："我们本来就是乞丐、帮工啊。"

此时，一位头脑清醒的男子道出内情。

早在几代以前，男人们都死于一场战事，只剩下女人。其他种姓的男人怎么会愿意娶她们呢？即便这些女人愿意让他们来自己家，也不现实。于是，女人们决定跟自己的雇农结婚，这些男人都对自己的女主人言听计从。

"大家都来自地位较低的种姓，我自己也不例外。女主人一召唤，我们就到门口领吃食。不过，要在房中过夜，就必须得到女主人的许可才行。"

那时候，受到玛格丽特·米德、比奇[1]与福特[2]、吉卜林、科贝特和安德森的影响，我很想走出家门，到外面的世界看一看，去证实他们书中所言是否为真。为什么要守着同一个地方，永远遵循着同一套丧葬嫁娶与宗教仪礼？就好像同一部老电影，每年放几天，所有的场景都出现了上百次。影片结尾要么是悲情的离别，要么是幡然悔悟后的一个拥抱！

饭菜总是一个样：牛肉或者羊肉，蔬菜或者扁豆，面饼或者米饭。我的内心渴望新鲜事物。我只想到一个办法能让我忘却金银线刺绣——离开家。谁知道呢，说不定我能发现许多连米德和科贝特都没见识过的部落。我的确发现了新鲜事物，不过并不是在旅行途中，而是游历数百里，乘遍巨轮小舟，见识过迎面惊涛之后。

我看到一位祭司的身体被竖着埋入方井的盐中。成袋的咸盐在他的身体周围堆积，直到填满井洞。他们解释说，其他人则在河中水葬。

我问："不火化吗？"

"没有柴火。我们做饭也只用干叶子和干草。"

可我的问题依然没有得到答案：为什么用咸盐？它们又从哪来？米德也一样，她和她的研究团队并没有解释太平洋岛屿上那些女战士在不打仗的时候都做些什么。她们是回归女性角色还是继续扮演男人？

例如，我曾读到过，在新几内亚，当男孩子的上唇附近开始长出毛发——也就是进入青春期时，会有一位成年男子带他了解如何

1　弗兰克·安布罗斯·比奇（1911—1988），美国动物行为学家。

2　科利兰·斯特恩斯·福特（1909—1972），美国人类学家。

与女子交合，而传授的方式就是鸡奸他。少年们初次接触性生活，用的却是同性交合的方式，还要充当被动接受的角色。男人们都十分清楚这种做法，但女人们想必对这种成人礼一无所知。这种教育可能要持续一年左右，人们对此习以为常，并且相信这么做能增强年轻男子的力量。与此相关的还有另一项传统：他们会让年轻男子吃柠檬，避免他"怀孕"！经过一年的时间，他便有资格为其他年轻男子"授业"，直到自己娶妻。他们的社群将此视作理所应当，女人们对此也并不反对。不过，我依旧无法忽视那个问题：在那个由女人主导的社会里，少女们又要经历些什么呢？我尚未弄清。也许那些男人一直都被蒙在鼓里，不知何谓成年，何谓近女色，正如一般的少女们对男孩子一无所知一样。也许男人们只是假装不知道。也许少女吃的不是柠檬，而是菠萝。对于二分性别的另一半，我依然保有好奇。

我亦曾划着一条锡制平底船到达某地。当地的女性在一日征战过后，回到家中还要为儿子做晚饭。餐食中总会有米饭和椰枣。这里被各种无序之流所包围，每一股都自定流向，各走各的。而水面之下处处掩藏着泥沙与利石。

一百多年以前，当地老少曾以长管枪配方形子弹和火药对抗英国人的弹药步枪，直至最后一刻。他们如此热爱自己的土地。打到弹尽粮绝时，敌人的距离太远，无法进行近身博斗。大家都转向克尔白天房[1]的方向，以额头触地。

"这是哪个女人做的饭？"没人说得出。"那不是狗跟乌鸦吃的

1　位于麦加清真寺的黑褐色方形殿堂，内有黑色圣石供教徒膜拜。

描述的阉人"阿格哈"那样。

在这些部落中，我遇到了一个鲜有人知的族群——或许可以说，是人们对它避而不谈。从某种意义上说，他们与世隔绝。只有一位烟草店店主愿意回答我的问题。

"他们给世界上了错误的一课。"

"什么课？"

店主却扭头转向一位顾客聊烟草价格，假装没我这个人。

这个族群的男人们平日务农，在外的生活也十分规律。战事来临，男人们奔赴战场，家中的女眷不用扛枪持剑上阵作战。令人诧异的地方在于，族群中的女人们住在家中，而男人们则住在丛林、农舍之类的地方，他们在那里生活，在那里干活。女人在丛林中把儿子养大，他的婚丧嫁娶、生老病死全部在外面进行。热衷于人类学的我对此尤为感兴趣。

令我颇为意外的是，当地的各种房屋、店铺、茶馆之中，居然还有让我歇脚的旅店。所谓"旅店"其实就是茶馆。一个铁皮屋顶的小屋，没有百叶窗，砖台上的水和牛奶还冒着热气。几个男人坐在附近的长凳上，有的安安静静，有的夸夸其谈。如果能找到住处，我打算在当地停留一个星期左右。我并不想和其他男人一样住在林子里。牛虻和跳蚤一夜之间就能把我折磨得不成人形，更别提还有蛇。我没有询问住宿的设施，街上也没有哪位妇女同意在家中收留我。这算什么？为了控制人口所进行的某种计划生育吗？

我溜达着来到某处树荫下，十几个男人正聚在那里。他们席地而坐，用某种绳子将弯曲的膝盖绑在腹部处。之后我了解到：绳子就是用他们的披巾扭成的。这些人嘀嘀咕咕，时不时可以听到"律师"一类的词。

又是"法官",又是"关押",就好像这些人正深陷诉讼官司似的。我与在座所有人一一握手,然后坐下来,递上我那包香烟。作为回礼,他们也掏出自己的香烟或方头雪茄。我曾经尝过缅甸的方头雪茄和西印度群岛的雪茄,因此觉得抽抽他们这口也未尝不可。刚抽第一口,我就呛得一阵咳嗽。他们朝身后吐痰。这些人对我很好奇,我对他们也很有兴趣。他们很想知道我是什么人,怎么来到这里,更关键的是为什么要来。因为他们只有在必要之时才会去其他的村庄和城镇,只有像我这样迷失的灵魂才会跑到别人的住所。

我战战兢兢地抛出了自己的问题,大概意思就是:为何他们的生活方式与附近其他部落不尽相同?从多久之前开始的?他们笑了笑,彼此对看了好一阵。我开始感到不自在,后悔问了这些问题。

我又一次递上香烟。一位精明的老人没有接烟,径直开了口:

"你不会理解,因为根本没什么可理解的,"他继续道,"你眼里的丛林是家,而你所谓的家其实是丛林,"说完还不忘酸一句,"女人们的丛林。"

另一位挪了个座位:"我们都一样。在哪里出生,就在哪里过日子。我们生在林子里,一直都待在这儿。女人们生在家里,所以也住在家里。唯一的区别是,她们来林子里,我们不拦着;而她们却不让我们迈进家门。"

一个青年咯咯笑道:"即便我们想找女人了,也不能过去。可如果女人想找男人了,却可以随心所欲,来这里跟自己的男人睡觉。当然,他们得避讳,不能当着大伙的面儿。我们总是为这事吵。"

之中的柔和被皱纹间的憎恨所取代。女孩不住地点头，聚拢在周围的妇人们也是如此。

"因为我们恨他们。老的、少的、小不点儿，没一个好东西。虽然男孩也是我们自己生出来的，可在我们眼里，他们就是一条条小蛇。我们就信这个。"

"那总要在家里照顾小婴儿吧？"

"一样在外面。这几年就没有哪个女人在家生过孩子，所以谈不上什么在家。"她的口气仿佛是法庭上的宣判。

我感觉一时间不出话来。"那女婴呢？"我很怕她会不说了。

"女婴要见阳光。等太阳升起来了，就把她抱回家。""那男婴就留在外面，即便被蛇吞、被蝎子咬也没关系吗？"

"生孩子养孩子的地方周围都封得严严实实。男孩儿就是在那里带大的。""那生活需要呢？"

"平时的吃喝拉撒由他母亲去那儿料理，而不是在家。"

一阵局促的沉默后，我强忍笑意问道："如果男人想跟女人亲热，那怎么办？"妇人们纷纷掩饰着自己的笑意。

"她可以晚上去找她男人，甚至白天也可以。"

"她男人？"

"对，她只有一个男人。"我本想问，要是女方想打破这一夫一妻的规矩会怎样。但如此一来肯定会捅了马蜂窝。于是，我改问道：

"一直都是这样吗？"

"不是。"

"那怎么变成了现在的样子？是谁开的先例？"

妇人们不安地望着她。只见她抓住一位中年妇人的胳膊，让那人对着我。

"她女儿年纪轻轻就被亲生父亲枪杀了。"

"为什么?"

"因为她一心想自己挑丈夫,而她父亲已经答应把她许配给自己的朋友——可那人的年纪比她父亲还要大!就好像只要他够男人,女儿就是他家里的空罐子,想种什么随他高兴。"她继续道,"事后,他跑到警察局,把枪往警察面前一放,理直气壮地说:'我把我女儿打死了。这个没规矩的丫头,居然不知廉耻地说已经把心给了别的男人。'警察跟那个男人是一路货色,还恭恭敬敬让那男人坐下。等他带着枪回到家里,大人小孩一个个都对他肃然起敬,就仿佛英雄刚从战场归来一样。"

大人们低头思索,小孩子也跟着学。"那个'卡畏(罪恶的母乌鸦)'怎么办?要不要把她埋了?"只有母亲和姐妹们背着男人们偷偷哭泣。祖母一语道破:

"你哭也好,自己了断也罢,总也逃不过这个命。"

接着,她唤了一位年轻妇人的名字。那女子走上前,眼泪潸然而下。人群中有两个人不约而同脱口而出:"可她很久以前就忘记怎么哭了!"

老妇轻轻抚摸着这位见证人的头:"她年迈的婆婆就是被自己的亲儿子(也就是这位年轻妇人的丈夫)用枪打死的,就因为劝儿子少喝点酒,别把家产输个精光。就因为她劝儿子管好自己。

"她问儿子:'以后等你死了,要如何向神明交代?'

"她儿子说:'你替我回答就行。'

"母亲倒地时,儿子脱口说道:'她平时连几毛钱都赚不来,反正活着也没什么用。'"

年轻的妇人啜泣着说道:"我连救都救不了她……"说完,她便走开了。

眼前的情景就好像一位位证人依次走上法庭,而那位端坐在藤椅中的老妇既是公诉人,又是辩护人,既是法官,又是行刑人。我很难分辨出她的年龄。在她脸上,我看到一种十分诡异的景象,相互对立的不同情绪会同时出现在她的表情中。母爱的慈祥伴着受害者的愤怒,爱中亦有恨。对我而言,她看起来既清纯又沧桑。现如今,我把"沧桑"用在了她——这位老妇身上。

"她的女儿已经有了三个孩子,其中一个还嗷嗷待哺。这样一个女儿,却被自己的丈夫借兄弟之手杀害。人们都知道他这个兄弟脑子里缺根弦。就是这样一个傻子,却当着村中长老的面赌咒发誓说看到嫂子和别的男人进了葵花地。"

"他们在干什么?"

"喂奶!周围没别人。"大伙儿都笑了,连法官也不例外。

法官问:"给她的孩子喂?"

"不是。喂那个男人。"人们又笑了。等他们笑够了,法官又问:"那你为什么不杀死那个奸夫?"

"我哥没让我杀他。"

法官问:"当时他也在?"

傻子答道:"好像不在。"辩护律师又补充道:"他可能逃跑了。"

法官接受了这套辩词。他们甚至懒得搞清楚被杀的女人何错之有。

事实上,那个丈夫得了种慢性病,而且是在腹股沟和生殖器上。女人都嫌弃他，不让他靠近。后来隐疾暴露，他反咬妻子在外偷汉。杀掉她变成了维护自己荣誉的义举。妻子知道后大惊失色，告诉娘家母亲自己已没有几日好活。很多女人都劝她逃跑。

"跟谁跑？往哪跑？出了这个村子，我连个认识的人都没有。"

大家都说："去哪儿都行。"

"男人要是想杀女人，肯定说到做到，绝不食言。事关名誉，这可比烧掉一片成熟的庄稼地严重得多。"

庄稼烧了可以再长，可名誉一旦毁损，却永远无法恢复。他自己不动手，而是找来脑子里缺根弦的弟弟替他下手。"包在我身上！"而弟弟之所以这么说，是因为早先他试图勾引哥哥的妻子，却被对方拒绝。

得手后，他得意地宣布："我一枪就把她放倒了！"

"然后呢？"

"大家都叫那死去的女人'卡畏'。这就是他们的传统。"

老妇说着搂住另一位女子。

"那是什么意思？"

"令丈夫蒙羞的女人。"在场的一位妇女答道。

"死于父亲、叔父、兄弟或儿子之手的女人被称为'卡畏'，仿佛这是她生下来就注定拥有的名字。"

"应该叫她黑乌鸦的媳妇。"我愤然道。

"谁？"

"布谷鸟的媳妇，声音十分甜美。"

妇人们面露喜色。

老妇继续讲："没有丧礼祷告，连座坟墓都没有。好心人出于怜悯为她下葬，其他人却对此皱眉不满。没有一位逝者的亲人为她送葬。"

"真是群该死的胆小鬼！"我说，"可他们不让那几个孩子留在家里？那些可怜的小家伙又有什么罪过呢？"

老妇一边说，一边轻轻拉过另一位年轻的妇人："她母亲成了寡妇之后，亡夫的兄弟们拒绝收留照顾她，因为她来自别的种姓……那要怎么办？"

那个妇人说："我母亲之前的那个儿子被他祖父收养，我的两个姐姐早早夭折。后来，母亲和我的父亲秘密结婚。如果她一直孤身一人，又有谁能保护她免受其他男人的侵害呢？父亲是修铁路的劳工。虽然他说另外一种语言，但为人勤恳虔诚。当时母亲也在那个地方当劳工，他们俩就是在那里认识的。"

老妇："两个人陷入了热恋。用个不恰当的形容，他们像忠犬一样守着彼此。后来，他们搬到了这里。"

妇人接着说："我十二岁那年，我弟弟十岁。母亲的大儿子突然来找她。这么久没见过自己的亲骨肉，母亲喜出望外。如今他已经长大成人，她为所有让儿子回到她身边的人祈祷。父亲也很高兴，我和弟弟也一样。我们一起吃饭。母亲不让我动手，非要自己给儿子做面饼。我记得她特地做了几道菜，还在面饼上抹了酥油。吃完饭，他说：'妈妈，我到处找你，找得好苦。'母亲伸出手想拥抱他：'儿子，我每天都在想念你，每晚睡觉前都祈祷你能幸福。'他握住母亲的手：'我是来清算旧账的。如果不这么做，哪家也不愿意把女儿嫁给我。我已经二十八岁了。他们都说我是"卡畏"家不要脸的崽子。'"

"母亲吓了一跳，仿佛第一次听到这种说法。如果不能恢复部族的名誉，他只能跟妓女在一起。这也不关我们的事——"

老妇摇了摇头，慢慢说道："他没娶妓院里的女人，而是希望他喜欢的女人只对他忠诚，其他男人不能碰她。如果她不听话，他就往她脸上泼酸，说是为了捍卫荣誉。"屋内陷入一阵沉默。

"后来又怎么样呢？"老妇问那个年轻妇人。

"母亲觉察到有危险，想把手挣脱出来。大儿子说：'我从十八岁开始就默默忍受着这种侮辱。祖父死了。叔父们说他们也没办法。他们的家中都有女儿，可谁也不愿把女儿嫁给我。我问他们我该怎么做，大叔让我去找那只母乌鸦，把那对狗男女都杀了，之后就可以在他的侄女当中挑一个当老婆。从那天开始，我就一直在找你。'母亲挣脱了他，吓得赶紧往门外跑。我父亲赶紧去抓竹柄镰刀，可还没等拿到，那个杀人犯已经朝他的母亲开了枪，接着又打死了我的父亲。在此之前，谁也没看见那把枪，也不知它从哪里来的。就在我和弟弟快要没命的时候，邻居破门而入，他放着空枪逃之夭夭。他肯定娶到老婆了。"年轻妇人号啕大哭。

老妇补充道："你有没有听说过一句话：喂蛇、养蛇叫发善心，把它留在身边叫犯糊涂。"

我问："难不成要让男人在外面住一辈子？有进屋的机会吗？"

老妇身边的另一位妇人插话道："可以啊——死后就可以。"

"为什么？"

"准备在林子里下葬时，女人们会把男人抬回家，好让他知道，自己当初就是从这里被赶出去的。"老妇和我都笑了。

屋里的人群渐渐稀疏，妇人们各回各家。处处房舍外炊烟袅袅。

从妇人们的话中不难听出，已经到了吃饭时间。更重要的是，已经到了给男人们送饭的时间。即便我的头脑已然筋疲力尽，但也猜得到，男人们肯定不会上门领食物，也不会坐在家门口吃饭。小姑娘和妇人们会将餐饭送到农田边，男人们就在那里吃饭。老妇向我一一介绍那些年老或年幼的男子，他们也纷纷离开篝火或农田。

我问："女人会不会让自己的儿子杀死父亲？"

"那可是她的丈夫。如果丈夫死了，她的地就荒了，那她的世界末日也就到了。"

"可如果男人杀掉妻子，他的婚姻也就不会再开花结果了，不是吗？"

老妇的眼神仿佛在问："你多大了？"

"对于男人来说，婚姻没什么吉利不吉利的。不过是娶个老婆罢了。"

黄昏来临，我也饥肠辘辘。远方天空与大地交会的地方，夕阳的红晕依然明亮。如果我此时出发，一定能到达某处男女共居的地方，而当地的女人不会日日面临随时殒命的威胁。即便一夜欢爱过后，她也不用担心一觉醒来丈夫又会发什么邪火，举枪射向那具曾经珍爱的躯体。我一定能够到达一方乐土，在那里，养育子女的母亲不需要担惊受怕，唯恐有朝一日自己亲吻过的儿子会将枪口对准自己，且在弑母之后连埋都懒得埋。在那里，女孩子可以顽皮地跟自家兄弟嬉笑逗趣，不必担心某天会死在他的枪口下。

凌乱的思绪在我脑子里飘荡，如同阳光下的羊毛。我的脑子嗡嗡作响，女性和男性在一起时从来都没有绝对的安全感。就好像刚刚下崽的母猫总是防着配偶。从小时候起，我便总能在夜里听到母猫的哀嚎声，它在保护自己的孩子。

老妇已经闭眼躺下。想必她已经乏累，而我也该离开了。我站起身，抖了抖衣服上、手上的尘土，拿出鹰嘴豆和炒米。入口之前，我本想拿自己的美味与这位永不老去的妇人分享。她坐在藤椅上，带我认识了那么多流泪的面孔。她示意要我停步，不要靠近她，接着自己来到门口，接过了豆子和炒米。我往自己嘴里丢了几颗，说："我还有最后一个问题。"

"你想知道她们怎么把男人赶出去的。"

"那些迫使少妇老妪们纷纷求饶的枪支和利斧哪去了？男人们明明知道，女人只要损害家族名誉，就不能给她留活路。"

"哈！"老妇像气球一样突然爆发，"我父亲最憎恨这种无知与传统，所以他与所有人为敌。他后半辈子一直在森林里躲躲藏藏，如果没有我母亲持枪守护，他肯定会有性命危险。她是山里长大的女人。男人们什么酒都喝——枣子、大麦、甘蔗酿的，有时甚至还有掺了人血的。他们越是劳累，喝得就越多，枪、斧子、刀剑则挂在墙上。

"那天夜里，女人们下定了决心。长久以来，她们一直生活在恐惧之中，早已受得够够的。是时候露出蝎子的毒针了。

"等到男人们晕晕乎乎醒过来，却被告知：'从今天开始，女人不做乌鸦，你们才是。那边是你们的世界，这边是我们的。'做出如此宣言的女人先指了指树林，然后又指了指房舍：'你们可能也知道，斗输的鹌鹑再也不能面对胜者。'"

我羞愧地耷拉着脑袋，暗中自我安慰："幸好你不是生在这里，不然每晚都得喂蚊子！"

老妇说："男人从来不认可女人的辛劳与牺牲。她们十月怀胎，忍受分娩之痛，日夜呵护孩子，与死神较量，到头来却毫无回报。危机、困难一旦降临，男人们就性情大变，仿佛整个大脑都丧失了感情，所有的血液瞬间流干。在那一刻，母亲不再是母亲，女儿不再是女儿，姐妹不再是姐妹。而没过几天，他又变回了平常的自己。即便老爹此时新娶个老婆回来，他都能开口叫妈。杀人犯又变得广受众人疼爱。"

"一个杀害自己妻子的男人，居然还有人愿意把自己的女儿嫁给他？！"我这更像是一个结论的问题点燃了老妇心中仇恨的火焰，对我而言也是如此。

过了一会儿，我开玩笑说："如果他再发疯，看哪个女人都像荡妇，他只有一个法子——开枪！"

《爱：凋花交响曲》(序章)

马扎尔·乌·伊斯兰

Mazhar ul Islam

她：你写这部小说所花费的时间都够建一座能容纳数千人礼拜的大教堂了。米开朗琪罗画《最后的审判》也没用这么长时间。你究竟是写小说还是建第二座泰姬陵？

我：这部小说其实是一座爱的博物馆。热情渐逝的幽暗长廊收藏着让人屏息凝神的艺术品。你甚至可以将其视作 20 世纪 90 年代的泰姬陵。我知道，写这部小说，为垂死之爱修建这座陵墓所用的时间不及他人花费在建造世界大战无名烈士之墓上的时间。正如当代人在展现古代文明的美术馆里徜徉、在沉静的残垣中寻找着旧时的掠影一样，后世来者兴许也会在我的博物馆中闻到一缕至纯之爱的醉人芬芳。这部小说就像一间储藏室，存放着被谎言、贪婪、不忠与物欲毁坏的恋情。在这里，那些经历失去的人，那些铁石心肠的人，也许能再次为生命的光彩所动容。哪怕是这记忆宝库中某件单一的珍品也能够粉碎日常生活的虚伪。

她：你这座爱的博物馆里都有些什么奇珍异宝？

我：里面有以鲜血书写的日记，记录着永恒的忠贞誓言。凝结于书页间的每一个瞬间都镌刻着离别。无数纸燕受困于这泪之牢笼，郁郁而终。里面有刻着无尽等待的列车。夜深人静时，它满载着破碎的誓言飞速驶过，情人无法在爱侣所在的车站下车。如今，列车上只剩下凋零的花朵，悠长岁月埋没于褪色的色彩之下。

她：你这座梦的密室中还藏了些什么？

我：里面有一把残破的小提琴。从碎裂的躯体里流溢出的鲜血早已凝结成歌。逝爱的圣龛前烛光摇曳，悄声诉说着最后的祈望之词。夜晚七点零五分，逝者钮孔中掉落的白花躺在冬日的雨中。单恋的季节里，花园中弥漫着少女的倦怠。时光深沉的静谧之中挂着一只可怖的时钟，它的零件上已爬满了蠕虫。它就是少女惨遭背叛之时扔向月亮的那只时钟……夜晚潮湿的沉寂中，送葬的人群正在经过。

她：为什么要描述得这么细致？我已经受够了你笔下那些葬礼。你就这么喜欢黑暗的东西吗？为什么你对死亡、葬礼这么着迷？

我：若想讲述逝者的过往，就必须参加他的葬礼。

她：别说这种吓人的话，我害怕葬礼！求你了，别再谈论死亡了。咱们还是说说爱的博物馆里下一个长廊吧。

我：这里陈列着长长一排让人心生凄凉之感的围巾。它们的边缘已经磨损，像旗帜一样不住地抖动。每一条都讲述着一段松解单恋情丝的自杀往事。这里还陈列着壁炉。漫漫寒冬之夜，他们的交谈化为灰烬。在遗言与遗嘱的荒凉之所存放着一份大约草拟于1947年的文件。一位女子在上面记录了自己所拥有的珠宝明细，列出女儿们无权拥有的首饰，还明确写着：自己下葬时只穿一件黄色花裙。

她：又来了！又是死亡的话题！你这里难道就没有描绘浪漫爱情的书籍吗？

我：你大概只能找到一本翻译蹩脚的《恋梦解析》。而在我的书中，你会发现一本日志。噼啪作响的蜡烛笼罩在破碎誓约的寂静之中，枯萎的花堆之下藏着泪眼的记忆。曾经在此郁积燃烧的心如今却因良机错失而彻底冷静熄灭。你会见到散落各处的铜指环。它们变得过于沉重，手指已无法承受。那里有各种结婚证书，而实际上，它们却是死亡证明。你会偶遇一处开阔场地，旅人将回响的沉寂弃置于此。你还会在记忆的烟灰缸内看到孤泪的点点灰烬。当然，你可能会看到爱的牧羊人——一个历经人生风雨的人。

她：爱情也有守护它的牧羊人，对吧？

我：每颗真心都是一位牧羊人。他绝对不会背弃誓约，即使在心灵干涸之时也始终守护着爱。神秘广博的永恒之爱一直都是牧羊人的斗篷。无尽的孤独、无时不在的悲伤、无休无止的等待都是他荣誉的勋章。时间裹藏在长袍之下，犹如山间的深谷；旅程蜿蜒，如密林中的蛇；成群的燕子被风系在天空蓝色的时钟上；流动的沙丘广泛散布于荒漠之中；风儿肩扛大罐，里面装着恶劣的天气。这些都是牧羊人书中的书页，正是他守护着被爱充实的人生。

她：你是怎么认识这位牧羊人的？

我：我们从小一起长大。他和我一样喜欢看火车。以前，我们常在车站碰头，一起看傍晚的列车划过一道道暗影。两个人紧盯着上上下下的乘客，仿佛寻找着、等待着某个人。一次，看到有人送别朋友时落泪，我俩也哭了起来。列车驶离空荡荡的月台，我们坐在长椅上，饮尽那满是灰烟、绵延不绝的离别之伤。我们总像车下的铁轨和枕木一样，莫名地等待着。

那个时候，羊群总是跟在他身后。如果他睡得正香，小羊羔就静静地待在他床下。牧羊人的香气很像野花过于繁盛的小径，我现在依然闻得到。夜色中，他将羊群领入草木茂盛的梦之牧场。清晨，这位牧羊人出现在我的阳台。时日在他的身体里沉淀。我曾见过他在爱之牧场寻找走失的羊，犹如一位因被骗而受伤的救世主。

她：为什么这么多年才写出这位牧羊人的故事？

我：这可要怪他了。一天傍晚，所有的花瓶都干了，花儿都耷拉着脑袋。他从我香烟的云雾中走过，问："听说你在写小说，是关于什么的？"

"爱已从如今的世上消亡。这就是我小说的主题。"我告诉他。

我完全没有想到，自己的回答会令牧羊人陷入苦恼，仿佛他的羊群毫无征兆地遭受了疫病侵袭。他不停地发抖。当时我差点以为，用他写小说，就相当于要了他某只羊的命。不过，没过多久，某种内在的力量就让他打起了精神，那双绿色的眼中闪着某种神秘之光，我自己也迷失在这美妙的奇迹之中。为了使我相信这世上还有爱，让我回心转意，改换小说选题，牧羊人带我来到一处偏僻的地方，那里充满着各种爱的美丽奥秘。我随他一路追溯众多爱过之人的足迹。有些人早早转向，而其他人的路要走远几步才见分歧。每次出现分手的可能，牧羊人的眼中便会现出急迫的盼望。

这段漫长、紧凑而艰辛的旅程持续了数年。途中，牧羊人将一只生病的羊羔扛在肩上。每当他看到沉浸在爱中的人，都会把羊羔放下，并鼓励它自己走。可是那小家伙实在太虚弱了，颤颤巍巍走不出几步便跌倒在地。牧羊人再次将羊羔扛在肩头，眼前的场景亦被凋零的花朵吞没。有些人在大雨初落时分开，结果受了不少苦。有些人在春日花朵绽放时离开了所爱之人。有些人在深冬时节坐在炉边，却突然决定起身离开。有个男子在傍晚的忧伤中离开，牧羊人却让信念之花在男子身边绽放。"如果你出发去寻找上帝，那就很可能在路上遇到自己一直等待的人。"

牧羊人请我吃他的干面饼，干粮用一块布紧紧包裹着。就在他吞下自己那口面饼时，他像寺庙中的朝拜者一样垂下了目光。我有种预感：他会一直培育自己心中的爱，直到生命终结。

她：你真的确信爱已从这个世界消失了吗？

我：如果只是一个人失去信念，当然不能得出信念不存在的结论。不是我不相信爱，而是爱已然被自私、贪婪、不忠与虚假所掩盖。一个个伪装大师用庸俗的项链和钞票装点爱。自由流动的爱不受矫揉造作的堤坝束缚，然而习惯了谎言与声色之欢的人却将自己的灵魂捆绑，变得狭隘而小气。

她：你这么多次失望而返，为什么牧羊人仍旧一次次让你去寻找爱的失落之地？

我：因为他是爱的牧羊人。他毕生的追求就是扶持、关怀在这条道路上前进的人们。如此一来，爱也得以存活。想必现在你也相信这样一个人是真实存在的。

她：再次提笔写这个故事，你遇到了哪些难关？

我：我遭遇了一场怪异的悲剧。不过，在强烈而矛盾的绝望中，我内心的作者意识苏醒了。我想写一部小说，短短二百页篇幅，让读者沉浸在想象的宇宙之中。我希望写出蕴意丰富、值得推敲的句子，而不是停留在有限的文字表面，我要避免塑造刻板的人物，打破常规的情节结构。我想要跳出创造者的角色，退后一步，让这些男男女女走自己的路。我没有强迫任何一个人物从头到尾跟我走。有些人在既定的车站步下生活的列车，还有的人攀爬而上，抢占刚刚空出的窗边座位。有时，窗外的风景十分遥远，如同立在电线上的鸽子。远处的棚屋门中、窗户里偶尔可以瞥见一张张面孔，悄声细语闯入脑海。还有些面孔近在眼前。有时，列车停站，我们也融入了风景。然而，车站很快便被甩在了身后。远也好，近也罢，你必须在脑海里保留住一幅幅生动的画面，否则就再也无法找回。我并未试图改变这些场景、人物，让它们迎合我。写作并不是给猴子戴顶小帽，逼它在街头手舞足蹈。

一开始，我感觉小说中的一些人物没有爱的能力。后来，我惊讶地发现，有些人物逐渐对遇到的人产生了某种依恋，有的人物在失意之后陷入了迷茫与绝望，有的人在成人之际突然失踪，再也没有出现，有的人登场之时已经长大成人。起初，这些人物似乎各尽其用。但突然有一天，我意识到，人物的性格发生改变，那么他们原本的作用也不复存在。我的小说实际上就像一张人生的身份证，卡片上可以填写"识别标记"，注明眉毛上的割痕，或者脸颊上的痣。同样，在这部小说里，你也能够观察那些惨遭背叛的人身上的伤疤。

她：时隔这么久，为何要写作这样一部二百来页的小说呢？大多数人还以为你封笔了呢。

我：我经历了意外灾难，写作之路因此也有所转向。事实上，造成那段不幸空白的真实原因正是我自己。除了孤独、悲伤、无尽的等待，情伤也是所有视觉艺术家、作家和音乐家无法逃脱的命运。我内心认为自己也是钢琴家、笛子手、雕刻家和画家。我从父亲身上继承了感受火焰的色彩与夜色中的暗影的本领，而从母亲身上继承了艺术家的敏感气质。母亲给我出过一则有关鹤的谜语。这群鹤先是透过这谜面进入了我的生活，随后又飞回母亲那里，连谜底也没给我留下。它们飞走时，其中一只脱离了大队，落在我灵魂的湖面。母亲早已离世，这只孤鹤却一直都在。过去四十五年间，它已经飞入我的内心深处。我完全沉浸在关于这只鸟儿的痛苦之中。它总是让我想到分离。

经历了人生中一段漫长而痛苦的时期，我所有的创作能量汇聚一处，为此次尝试做准备。我写这部小说并不是为了娱乐众人，而是为了疗愈人类的灵魂。我想要演绎灵魂的激情，编排出为其注入活力的美梦。故事的主调是那位在孤独的季节里守护着爱的牧羊人。过去五十年间，我内心的作家、画家和雕刻家一直通力合作、倾情倾力。对我来说，言辞就像音符。我坐在钢琴前，用琴键谱写出自己的爱之颂歌。"人"、"花"、"死亡"、"雨"、"生命"、"蜡烛"、"书"、"爱"以及"火车"这样的词语总是能引起乐器最深切的共鸣，唤起一种难以形容的神秘感受。

而那些幽影呢？它们助我构建最为复杂的情感与情绪。有内心的雕刻家帮忙，我得以将其安插在小说中的各个关键位置。内心的艺术家已经用泪水描绘出一幅幅画面。写下故事的同时，我也经历了那些人物的爱之苦痛。我体会了无止境的等待之苦，数十年沧桑凝聚为瞬息片刻。漫长孤寂的夜晚，空荡荡的房间里，我见识了墙上棕褐色的投影。孤独的时刻，我常常默默看着那些朦胧的身影摆弄着瓶中的鲜花。

我拒绝听从理智，下定决心沿心路而行。但我也知道，穿越心之沙漠的大篷车总会受到强盗的袭击。我的心中无处不被爱所占据。如同一座种满鲜花的古老城市，只能依靠进口粮食过活。

她：你疯了。

我：我向来都不否认。少了些许疯狂的人类不过是需求和欲望的垃圾桶。面对我们的困境，癫狂是唯一有效的应对之法。它在内省中萌发，疯狂是爱的华服。没有它，一切只是徒劳，只剩庸俗。

写作这部小说的过程中，我数次死去。我在尚未从原石中出落现身的雕像中、在圆顶墓内藏身的鸽子身上、在迟来之雨所引发的梦境中、在小提琴令人心碎的旋律中、在艺术家调色盘上耀眼的色彩中寻找爱。我与迷失在途中的幽影对话，得知了许多秘密。显然，这些都需要耗费时间。

她：如果是这样，那么你的作品一定会令很多人为之动容。可是，如果小说表达的是爱的永恒存在，又为什么要描写那么多葬礼？

我：我写这部小说，是希望让爱免于消亡。葬礼正能展现生命的意义，正如静静地停泊在暗夜之中的一艘小船，就能营造出远方有一片大海的感觉。一个不懂得热爱死亡的人并不具备爱的能力。我有一位名叫阿卜杜尔·哈基姆·俾路支的好友，他有着一双深邃的眼睛，宛如一首歌颂无条件之爱的诗歌。在我创作小说的过程中，阿卜杜尔带我进山，去了梅赫鲁拉·门加尔的栖身之所。就在某条山中小道边的灌木丛中隐藏着一块墓碑，上面写着"希林与法尔哈德[1]长眠于此"。我永远也忘不了在这对爱侣的长眠之地所目睹的情景。我记得当时渐晚的天色，记得自行车技师阿卜杜尔伤感的眼神，还有仿佛在他脸上的那行字：最后的狂人。笼罩那孤寂双眼的阴影似乎找对了地方，刚好播下爱之花的种子。他向我吐露心声："人若陷入爱中，那他们写在公车、卡车与马车上的文字便表露着心迹。比如'爱的狂喜'、'飞蛾扑火'和'如醉如痴'。"

可是现如今，在这个毫无激情的季节，我们必须拯救这些疯狂的情人，让他们免遭灭绝的厄运。

她：但是，你的小说名为《爱：凋花交响曲》。从名字来看，你眼中的爱无非是一首描写枯萎之花的交响曲。

我：并非如此。你要从另一种角度来进行解读。当你唱着离别之歌时，心中其实渴望着与爱人相见。小说名中的凋花喻指令人费解的失去之爱，这个名字表达着离别之情，花儿正诞生于离别之时。那些无法献给别人的花朵以及在等待中凋谢的花朵被某种魔力变成了一群音乐家，他们用技艺唤醒听众内心的情绪。枯萎的花儿们奏出一支交响乐，为这个没有爱的无趣季节呈现出凄美的场景。人们得以再度开始对爱的找寻。

她：也就是说，读者必须独自一人在特定的环境中阅读你的小说咯？

1　波斯爱情悲剧故事中的男女主人公。

我：不，这部小说可以在任何国家、任何城市的任何地方阅读。当地必定有被爱的花影追逐着的男女。

她：在我们的日常生活中，爱是濒危的事物吗？

我：你难道不知道吗？苏联诗人马雅可夫斯基的小船撞上了名为"日常生活"的岩石，结果整条船被撞得粉身碎骨。

她：在你看来，逃避爱是否就是永别的开始？

我：即便是不经意的心跳也会让爱的果实腐烂。

她：若真如此，无论在哪座城市，都可以随意坐在某处台阶前阅读你这部小说——只要在那里，在没有爱的季节，只要有哪怕一个我这样的独身女子，散发着梦的芬芳，等待着素未谋面的他。

我：可是，我倒觉得这部小说适合在世界上任何城市、任何村镇阅读，只要当地有哪怕一位单身的男子或女子相信这位小说家——他曾经写过："爱情的面包必须每日现烤。"

谈情说爱

穆罕默德·伊利亚斯

Muhammad Ilyas

乌云悬在纳提亚加利[1]镇上最高峰的峰顶。大雨未落，蒙蒙的雨雾笼罩万物。一众意趣相投的好友聚集在拉拉·塔尔鲁家中，他们自称为"苦行僧"。他们还有另一个绰号叫"巴瓦"。无论长幼，相互之间都可以这样称呼。这群人毫无歹念，彼此之间和和气气，全都是"情场失意"之人。他们把水烟称作药。当屋子里烟雾缭绕，众人飘飘欲仙之时，某位"苦行僧"便会讲起自己浪漫而痛苦的"爱情故事"。大家聚精会神，仿佛头次听到一般。

来自古吉兰瓦拉[2]的苏菲·拉菲克直挺挺地坐在床上，胸前紧紧抱着折叠的大披巾。拉拉建议他把披巾围在身上，他却说："拉拉，我喜欢拥抱的感觉，而不是被它压在身下。"来自法塔赫江[3]的索赫巴特·汗同意地点点头："拉菲克巴瓦说得太妙了。"

1　巴基斯坦东北部山区小镇。
2　巴基斯坦旁遮普省东北部城市。
3　巴基斯坦旁遮普省北部城市。

来自切钦镇[1]的莫哈巴特·阿里讲完故事，又点燃一支装好的烟。吸了两口之后，他迷茫地望着拉拉，徐徐伸手把烟递过去让拉拉抽。有感于莫哈巴特·阿里的故事，拉菲克说："所以我才恨透了情呀爱呀的东西。"索赫巴特·汗又说道："巴瓦啊！你肯定偶尔也有动情的时候。"这回轮到苏非说话了："巴瓦啊！我还真的遇上过这种事，就一回。我祈求宽恕，从此再也不动情，也不结婚。"他又指了指自己那鼓鼓囊囊的口袋："这是我的'流动商店'，里面有各种清洗用品。我进城去，把这些东西卖给一家家商铺。感谢真主，让我每天都有面饼吃。路上如果'老瘾'犯了，我知道几个'地方'可以让我迅速解决，然后继续赶路。我可受不了'谈情说爱'那份罪。"苏非凝重地望着朋友们。他笑了笑，思索片刻后娓娓道来："巴基斯坦建国那年我十八岁。我们从东旁遮普迁移到杰格瓦尔[2]。以前，我把'库尔菲'奶糕（用稠乳制成的一种冰淇淋）装在两只暖瓶里骑着车卖。在城外三四里地的乡下，我遇到了一个姑娘。她大概十六七岁，白白瘦瘦，很机灵，小羚羊一样的身板，却有母狮子的血性。她敢大胆跟别人对视，双眼就像有电流闪过。这姑娘就像一把拉开的弓，一箭刺穿了我的心。从那时开始，我每天都往那儿跑。其实我也害怕，当地人特别凶，很可能会宰了我。可我还是忍不住。有一天，所有的奶糕早早就卖光了。那是个炎热的大中午，我坐在村口路边的一棵树下休息。那姑娘光着脚朝我走来。她穿着紧身黑上衣，围着黑色的纱笼[3]，脸

1　巴基斯坦旁遮普省东北部城镇。

2　巴基斯坦旁遮普省北部城市。

3　一种用长方形的布围系于腰间、类似筒裙的服饰，盛行于东南亚、印度、巴基斯坦等地。

上什么遮挡也没有。她没洗脸，没化妆，头发干巴巴的，活像一颗装满火药的炸弹，两手叉腰直挺挺地站在那儿。理智告诉我：'拉菲克，你这个跑路的移民！你逃得过印度的暴徒，今天却没处跑。大祸临头，赶快逃命，不然她会炸得你粉身碎骨。'可我那颗该死的心却不听理智的劝告。她知道，我在她的面前已经败下阵来。"

索赫巴特打断道："巴瓦！这不是爱情是什么？动情又不像得霍乱，吐了之后才知道得上了。"苏非晃晃脑袋，不以为然："不是爱情，她身上的香气进了我的脑子……"拉拉·塔尔鲁看起来晕晕乎乎，头脑却有几分清醒，他兴冲冲地说道："索赫巴特·汗，如果苏非就是要把'爱情'说成'香气'，你就别跟他争。争吵有违苦行之道。"他又迷迷糊糊地对苏非说道："兄弟，你继续，香气进了你脑子，然后呢？"

苏非没吭声，仿佛在回忆那些奇妙的时刻。他一脸坏笑，再次开口："老天爷！荒郊野地里，太阳火辣辣的，鸟儿都不声不响，那些躲在树下的动物好像也晕头转向的。周围一个人也没有，就连唯一的一条路上也空空荡荡，大老远见不到半个人影。这种情形下，连驴子这样温顺的动物怕是都把持不住。我看看周围，除了远处的滚滚热浪，再不见半个活物。她就站在两三尺外，活像一把赤裸的刀剑。我到现在也不明白，明明当时是个大热天，可为什么我却开始哆嗦。"索赫巴特突然有了一种诡异的想法，说这种情形下，人可能会得流感。大家纷纷点头，对索赫巴特的明智观点表示赞同。苏非继续说道："我问那姑娘想不想吃奶糕，她说她没钱。为了等待这种时机，我早就留了几根，准备送给她。当我把其中一根递给她时，我的手碰到了她的手，身上就像过了电。但我恢复了理智。她脚趾着地跪坐下来，脚跟垫在屁股底下。她一边吃奶糕，一边问我是不是'玛哈吉尔（移民）'。我回答：'我们遵照安拉的旨意，沿着先知所指的道路迁移。'她大笑着说：'撒谎可不是好习惯。你要么是被异教徒赶跑，要么就是因为饥荒。'她身上的香气闻着简直让人发疯，我眼都花了。我想再请她吃一根：'拿着吧，别管我们怎么到这儿来的。'她吃着奶糕，牙齿闪闪发亮，就像一串珍珠：'你可真是疯了，居然送我这裹了糖衣的橙黄色奶糕……'真不该对一个姑娘如此心动迷恋。"

苏非轻轻一笑，止住了话音。随后又继续讲道："我问她家人在哪里。她说父母去了巴尔卡萨村，祖父和兄弟姐妹都在家睡着。

"索赫巴特老兄！这可是发生在三十年前。后来我有机会到过很多城市。我遇到过形形色色的女人，好帮我'解决'那种瘾。我还看过很多英语、普什图语、旁遮普语的片子。可从来没有任何女人、任何女主角像那姑娘一样坐着。我到今天依然忘不了。你说得对，这种状态下人是会得流感的。我用颤抖的声音告诉姑娘：'我还有几根用纯奶油和进口白糖做的特制奶糕。咱们找个僻静地方，你吃着，我看着。'

"她带我去到自家房后，拿着两根奶糕一齐开动。我摸摸她的嘴唇说：'你的嘴唇都冻凉了。要不我摸摸你的奶，看看还热乎不？'她说：'等我吃完你再摸。'姑娘一边笑，一边却往我身后瞧看。她慌忙用牙齿把两根奶糕撸干净，然后扔掉棍子，起身后退两步。我实在把持不住，一把将她搂在怀里。她大叫：'走开，你这没安好心的家伙。你怎么能这么对待不认识的女人？'就在这时，一只颤颤巍巍的手给了我一巴掌。我一回头，看到一位怒不可遏的老爷子，他两眼冒火，嘴里还嘟嘟囔囔。我轻轻一推他的肩膀，他居然直接摔倒在地。我赶紧跑回去，骑上自行车，一溜烟消失得无影无踪。当时身上带的钱足够我跑到古吉兰瓦拉的亲戚家。从那以后，我就一直住在古吉兰瓦拉，再也没回过杰格瓦尔，生怕他们会要我的命。只有疯子才会'爱上'女人。"

拉拉·塔尔鲁的下巴抵着肩胛骨。他本想讲几句大道理："巴瓦啊！你要理解人家。遇上个老头，如果她不出声，可能就会被人污蔑然后杀死。她肯定没透露你的身份。要是她说你是卖奶糕的移民，人家准能找到你。"

苏非说道："反正，如今我再也不谈情说爱了，免得那个'淘气的丫头'又闯进我心里。"

故事发生在一个凄冷的冬夜，雨下个不停。一个农户众多的村落里，居民们正睡得香甜。这时，一位浑身泥点的旅人进了村子。他在一道松垮垮嵌在泥岩墙中的门前突然停下脚步。据说，跟着他的还有一头骡子，它已被沉重的行李压弯了腰。满身泥污的他此时已几乎无法辨认出面目，而不等他张开冻得发麻的嘴唇叫门，那扇门居然在他面前豁然打开。亮光中出现了一位壮实的男子，手提一盏灯，为他带路。旅人小心避开烂泥，来到了茅草屋顶下，却发现脚下的积水已经没到了膝盖。

旅人看到一只不大的陶土水罐在混着粪便的脏水中摇摇晃晃。水从院子里不断流入小屋。他俯身捡起罐子。因尚未缓过神，他只是拿着水罐迷茫地站在那里。

听讲故事的人说，旅人此时看到，小屋的主人卸下了骡子身上的重负，将自己两个冻得瑟瑟发抖的儿子赶到旁边一张不甚结实的小床上，为旅人准备好床铺。旅人舒舒服服地在温暖的床上躺下，扭过身看到主人正跪坐在台子上，朝着灶台里潮湿的树棍吹气，想把火生大些。

旅人注意到，女主人面前的黄铜盘子上摆着揉搓好的面团。飘升的烟气熏刺着他们的双眼。他仰卧在床上，茅草屋顶的破洞被陶罐的碎片盖住，而屋顶的竹架也随着雨点的砸落微微颤抖。他打了个盹儿，饭做好时还没太清醒。虽然极度疲乏，睡意昏沉，但他还是填了填肚子，然后便继续蒙头大睡。

中午醒来，旅人透过屋顶的缺口看到了晴朗的天空。一缕缕阳光照亮了屋子。小屋里没有人。旅人翻身起床，看到自己的行李好好地摆在一处角落里，两个光着身子的小男孩玩游戏玩得正起劲，完全没注意到旅人和他的行李。从小屋出来，他缓步走入院子。两个孩子一看到他，就吓得尖叫着跑了出去。旅人尽力安抚他们，可两个孩子完全不听，留下他一人目瞪口呆地站在蓝天下的院子中。过了不久，主人夫妇扛着镰刀进了院子。二人走上前，恭恭敬敬地站在旅人面前。那男人只裹了一件破烂的缠腰布，妻子的裙子上也到处都是补丁。两个孩子都躲在他们身后。旅人走进小屋，示意夫妇俩也跟着进来。他用绑在腰间的匕首割断绑行李的绳子，夫妇两人毕恭毕敬地站在他面前。各式各样的金色珠宝摊放在他们周围，旅人让他们想拿什么就拿什么，夫妻俩却只是站在原地，吓得瑟瑟发抖。旅人坚持要犒赏他们。男主人哀求道："大人，为了保护庄稼，我之前用两根棍子在自家田地里绑了个稻草人。而您还挺喜欢它。我给它穿上自己不要的旧衣服。您看了喜欢，于是让自己的士兵也穿上红色的束腰外衣。我让稻草人握着假弓假箭，防止动物破坏庄稼。您看了也喜欢，于是您的军队里出现了一排排弓箭手。我

木偶

阿巴斯·里兹维

Abbas Rizvi

"先生，我有个请求。"

画笔从古尔的手中掉落，他紧张地四下张望，可房间里除了一大堆木偶再没有其他人。可他刚才的确听到了一个声音。古尔不敢相信自己的耳朵。这时，那个声音又说话了：

"先生，拜托您了，我有一个请求。"

一种莫名的恐惧让他的血液几乎凝固。声音是那个木偶发出的。古尔为它取名为艾提巴尔·乌·达乌拉。那木偶就站在他面前，新上色的脸变得有了温度，瞳孔里的神色也在变化。古尔感觉自己的心跳快要停止了。他亲手制作的木偶居然开口跟他说话。

"先生，我有话要说。"那声音洪亮而优雅，但语气里又带着某种尊敬。古尔发现，艾提巴尔·乌·达乌拉正直视着他的眼睛。

"你……你开口说话了？"古尔觉得怪怪的，他居然在和自己亲手做的木偶说话。上个星期，他为木偶的面孔上了色，给它穿上巴尔仍旧不吭声。他死气沉沉，冷冰冰的面孔上没有半点生气。

"我就知道，总有一天你肯定会疯掉。"

古尔回过头，看到法尔扎娜再次出现在门口。她满脸嘲讽的笑容："说啊，跟它们说话啊。你就跟它们一起吃，再抱一个跟你一起睡。当然，这种事发生在你身上一点儿也不奇怪。"她连珠炮一样吼叫个不停。古尔不耐烦了。他起身朝她走去。法尔扎娜看到了他眼中的恐怖之火，她害怕了，转身回了房间。

古尔嘴角一咧："该死的女人，小心哪天我要了你的命！"

他再次在凳子上坐下，愤怒几乎令他抓狂。他的神经，还有那急促的呼吸都在崩溃。他从三角桌上拿起烟盒，点燃一根香烟。温暖悠荡的烟气深深潜入他的身体。

"先生，我希望您……"艾提巴尔的声音再次在他耳边响起。

"好，你继续说吧。"古尔的语气十分热情。

艾提巴尔满脸羞涩："先生，我说我不喜欢纳斯特兰，您能不能再做个别的木偶跟我做伴？"

"你不喜欢纳斯特兰？"说着，古尔看了看艾提巴尔旁边一身东方新娘装扮的纳斯特兰。她身边还有一只雕刻着五彩花纹的水壶，纳斯特兰用结实的手臂将壶颈环住。一条小辫子从半敞的领口垂至她的腰间，身上的衣裙被风扇吹得轻轻飘动。

艾提巴尔·乌·达乌拉义正词严道："是的，先生，可让我怎么说呢？其实，她根本就与人前判若两人，我对她痛恨至极。她从来不听我说话，她说的话我也没有一句爱听。她是个既古怪又恶毒的女人！"

古尔问："她也会说话吗？"

艾提巴尔·乌·达乌拉解释道："我不知道她会不会跟您讲话，反正我是已经被她的唠叨烦得够够的了。"

"纳斯特兰，到底怎么回事？"古尔这话是对纳斯特兰说的，可他总觉得自己在与旅途中某位陌生的女子说话。

"纳斯特兰，究竟怎么回事啊？"冷冰冰的纳斯特兰依旧一动不动，眼神也没有丝毫变化。"怎么，她不会说话吗？"古尔略微有些失望。

"先生，她会开口的。您一走，她就会喞喞个不停。"

"可你们为什么吵架？"古尔实在想不出，这些木偶会为什么事情争吵呢？

艾提巴尔·乌·达乌拉顿了顿，说道："其实，是她身上有股难闻的怪味。"

"有怪味？"古尔大为惊奇。他从桌上举起纳斯特兰，感觉她身上是在散溢着什么东西。他用鼻子凑近闻了闻，一股浓烈的臭味侵袭全身——法尔扎娜身上就是这股味道。

"这臭味只来自她一个，还是其他木偶也有？"古尔朝艾提巴尔·乌·达乌拉伸出一只手，可不知道为什么，他无法触碰艾提巴尔。就好像艾提巴尔是什么重要人物，如果他不同意，就根本碰不到他。他拿起支架旁的帕德玛尼，一股玫瑰的淡香从她那陶土与木头构筑的身体沁溢而出。古尔又是一阵意外。接着，他拿起帕德玛尼身边的拉坦·辛格闻了闻。令他意外的事还在后面呢。拉坦身上散发着刚刚摔完跤的摔跤手的味道。古尔惊奇地发现，每个木偶的味道都不尽相同。他立刻将拉坦·辛格放回支架，从桌子下面拿起帕泰·汗。肩头的犁锄就是他职业的象征。帕泰身上有种土地的味道——一股新鲜泥土的芬芳。"太奇怪了。"古尔思忖着。

艾提巴尔·乌·达乌拉又开始搭话:"我不知道您是怎么配对的,可您瞧瞧,这种坏女人怎么配得上我呢?"艾提巴尔·乌·达乌拉似乎很清楚,自己有身份,有地位,而且品德高尚。同样,他似乎也清楚纳斯特兰的出身。

"当初看着挺般配的,只是我并不知道,木偶原来还有自己的好恶,"古尔辩解道,"哎哟,瞧瞧这多般配!"艾提巴尔越听越上火:"您还是自己判断判断,然后再说说看,这种坏女人到底配不配得上我?"

古尔只觉得一言不发的纳斯特兰正两眼冒火。

"是你自己来吃,还是我把你的饭给汤米?"法尔扎娜这一次的声音柔和了许多。

"随你高兴。"古尔几乎皱起了眉头。

法尔扎娜表现出了爱意:"古尔,拜托你把药吃了,你身体不好。"

古尔坚定地说:"我现在好得很,看在上帝的分上,让我一个人静静。"

"古尔,我是你妻子,我亲耳听到你在跟这些木偶说话。"

"我做什么不关你的事,拜托你走吧,让我清静一会儿。"如此难听的话气得法尔扎娜扭头就走。

"哈哈哈……"艾提巴尔·乌·达乌拉乐了。

这一下又让古尔的怒火蹿了起来。艾提巴尔简直就是在戏耍他。

古尔强压怒火问:"你是在嘲笑我吗?"

"对不起,其实这是该哭的事情。"他还真风趣。

"你太过分了。"古尔责怪道。

"先生，我衷心向您道歉。"艾提巴尔恭敬地答道。

古尔还是想知道整件事情的来龙去脉："说说你自己吧，跟我说说你从什么时候开始看纳斯特兰不顺眼的。"

艾提巴尔·乌·达乌拉答道："自从您把她造好，让她与我为伴，纳斯特兰就无时无刻不在折磨我。"

"老天爷，究竟有什么好吵的？你看，你又不需要为钱发愁，也不用……至于身上的臭味，这个也有办法解决。"

"也就是说，一切都只是钱的问题——您的那些问题也一样？"艾提巴尔总是话中有话。

古尔又陷入了关于法尔扎娜的沉思。昨天她还在跟他念叨家中的需要以及开销的事。当古尔告诉她，除非涂料公司愿意出钱付账，否则家里根本没那么些钱时，法尔娜扎气得直跳脚。

法尔扎娜皱眉道："那你还娶老婆做什么？你这种木偶怪人，就该找个木偶过日子。"

"不，法尔扎娜，别这么说。你太过分了！"古尔气得冲出了房门。

"依我看，您给不起我这问题的答案。"艾提巴尔·乌·达乌拉已经开始学他的样子，古尔吓了一跳。他若有所思地望着艾提巴尔。为了制作这个木偶，他费尽了心血。它的鼻子坏了四次，最后一次坏掉时，颜色都已经快要上好了，古尔巧妙地用树脂将坏处补好。他仔仔细细为木偶打理头发，跑遍各种玩具店为它找小剑。而现在，这个木偶——这个身高不足两尺的东西——居然开始学他的样子……

"听我说，艾提巴尔·乌·达乌拉，很多事情你不理解。"他想心平气和地做出解释。

木偶依旧不肯罢休："那您就帮我理解理解。"

"你看，"古尔和气地说道，"我是根据顾客的要求做了这些木偶。顾客怎么说，我就怎么做，做好就卖。木偶的形态和服装并非由我自己的意志和愿望决定。"

"好，但至少您应该把合适的配在一起。再看看纳斯特兰和我，简直就是拿地毯在天鹅绒上打补丁。"艾提巴尔炫耀着自己的文采。

古尔答道："那是你的想法。在我看来，木偶不过是木偶，木偶没有好恶。"门铃响起，对话中断，古尔朝门口走去。雷哈布又来错时间了。古尔告诉他很多次了，自己中午想工作，可他一坐下就不走。全球局势、流言传说、鸡毛蒜皮，乱七八糟闲扯一通。终于，他的脑袋倒空了，这才走人。雷哈布一走，古尔再次回到自己的作坊，还有一小份惊喜正在那里等着他。桌子上、支架上的东西彻底被弄乱了。纳斯特兰站到了桌子的另一端，脸上显露出内心的恐惧。而艾提巴尔·乌·达乌拉……如今则站在帕德玛尼旁边，手里握着那把剑。在帕德玛尼的另一边，拉坦·辛格一动不动地站着，一粒粒汗珠在他的前额闪亮。艾提巴尔·乌·达乌拉这次自己开口了：

"要不是顾及你那 1200 卢比，我早就把他宰了。"那愤怒所针对的是仍然一动不动的拉坦·辛格。

古尔试图平息他的怒火："艾提巴尔·乌·达乌拉，别这么说。可能你忘了自己是个木偶。"

"难道这里只有我一个木偶吗？"艾提巴尔又讥讽道。

"不，不光是你，我还做过许多其他的。可我从来没见过哪个木偶像你这么喜欢吵架。"

"那您自己又怎样？"恶毒的笑容在艾提巴尔的小胡子下展开。

古尔冷冷问："难道你看我像木偶不成？"

艾提巴尔立马答道："先生，您自己觉得呢？跟您自己说说。"

"我要打烂你的脑袋！"古尔已经怒不可遏。

"这样就能改变您的处境吗？"艾提巴尔仍然不失机智。

"无论我的处境改变与否，反正你的一定会改变。我要把你赶入地狱，然后再做一个新木偶！"古尔无法控制自己，他不断咆哮。

"快点动手啊，先生，您还在等什么？"只见艾提巴尔握紧了手中的剑，"难不成又在惦记您那 1200 卢比了吗？"

"我诅咒那 1200 卢比！"古尔大叫着掐住艾提巴尔·乌·达乌拉的脖子。艾提巴尔既不挣扎也不慌张，而是直勾勾盯着古尔的眼睛。他眉毛紧绷，眼中充溢着仇恨。片刻后，他在窒息中说道：

"您现在又在怕什么？还是那 1200 卢比……"

古尔已经忍无可忍。他用尽全力，将艾提巴尔·乌·达乌拉狠狠扔在地上。此时，法尔扎娜的声音在他耳畔响起。

"你终究还是疯了……现在居然还跟木偶打架。"

"出去！"他想朝法尔扎娜走去，一阵突然的剧痛却撕扯着他的胳膊，往心脏里钻。他的呼吸开始停滞，他想要告诉法尔扎娜。

"法尔扎娜……我的……呼吸……"他徒劳地想要抓住桌子，却倒在了艾提巴尔·乌·达乌拉旁边。他那灰暗的双眼望着身畔艾提巴尔·乌·达乌拉那颗破碎的小脑袋。一丝鲜血从他的发间流进耳朵，但他依然目不转睛地盯着古尔。艾提巴尔·乌·达乌拉那嘲弄的话语在远方回响："难道这里只有我一个木偶吗？"古尔的听力已经丧失。他的心似乎已坠入了更加深邃的幽暗之中。深红色的迷雾在四周蔓延飘荡，而他亦渐渐沉入深水之域。

疫中隔离

穆罕默德·哈米德·沙希德

Muhammad Hameed Shahid

我正看着短信，手机屏幕顶端的显示栏又跳出一则通知。与我刚才收到的短信不同，这条新通知并非什么政府公告，而是一条附近的朋友发来的即时聊天信息，里面还附了一段视频。我退出读了一半的短信界面，打开聊天软件。画面中有一具尸体——一具感染冠状病毒而亡故的死者尸体。深深的恐惧瞬间侵占了我的心胸。

　　首都伊斯兰堡是一座精心规划、风景秀丽的城市，地跨数片区域。过去几年，这里新开发建成了两片相邻区域，其中一片就是我所生活的区域，而邻近的一片就是我的朋友发送的尸体视频所在。仿佛城市另一边的巴拉卡胡区入侵千家万户的流行病如今已经蔓延到了我们这里。打开视频，我的目光捕捉到了一个人。他直挺挺地躺在一张漂亮的床上，身上盖着白色床单，从头盖到脚。不难判断，这张床单应该不是他自己盖上的，而是别人为他盖上的。他平日所盖的那床深棕色的红玫瑰印花毯也被凌乱地丢在尸体旁边。除了尸体之外，画面中还有两个人，其中一个还未完全接受他已去世的事实。视频中率先出现的那个颤抖的声音来自另一个人。他问道：

"要不要再检查一次？"

从他颤抖的声音以及摇晃的镜头推测，他就是拍摄视频的人。而回答他的人看上去却十分漫不经心，就仿佛绝望垂死与殒命都是再寻常不过的事。画面中，这个无畏之人表现得十分主动。他全副武装，戴着口罩和大号的护目镜，全身上下包裹在一整件特制的服装里。衣服的颜色和盖着尸体的床单一样白，色调却因蓝色侧兜上红色的"艾德希基金会"[1]字样而显得略淡一些。这个人右手拿着一只黄色的塑料瓶，一边冷淡地回答视频拍摄者提出的所有问题，一边不停地喷洒瓶子里的溶液。

"不用，先生！他已经死了，我确认过，他嘴里已经冒出小泡泡了。"

"小泡泡？"

那个人声音颤抖着，勉强只能说出这几个字。

"对！小泡泡——我是说泡沫。"

在这段对话进行过程中，拍摄者的手颤抖得太过厉害，以至于说话的那个人都没有被镜头拍进去。现在的画面中，可以看到在床边有一副担架，很有可能是艾德希基金会的工作人员带来这里，准备将病人运送到医院用的。

视频中还可以听到街边救护车的声音。车子应该是拍摄者叫来的，只不过这里已经没有病人，只有尸体了。

1　1951 年由阿卜杜尔·萨塔尔·艾德希创办，是巴基斯坦最大的非营利性慈善组织。

那个人最后一次给担架消毒，然后对着镜头后的人说：

"是冠状病毒感染导致的死亡。"

"冠……冠……冠状病毒？"

说话的人声音颤抖，仿佛每个字都长着尖刺，卡在他的喉咙里难以出口。尸体和拿着黄色塑料瓶的那个人又出现在画面当中。

"你自己看看，他已经死了。"

"是不是应该找个医生咨询？"

"不，不要找医生，找警察。"

"警……察？"

尸体和那个人再次从画面中消失。不过可以看到，他的两只手伸向了担架，无意中被拍得十分清晰。他认为在这里已经无事可做。担架空空，他已经准备好带着空担架走人。

"对！警察……拨打15……向他们报告……申请……这是冠状病毒感染死亡病例。"

就这样。这就是整条视频的内容。当时我正坐在写字台前，看完后又静静坐了许久，惊魂未定。胸口的压迫感越来越重，静音的手机看上去仿佛一口小棺材。我坐在那里，一具巨大的尸体从那口小棺材里冒出来，在空中摇摆不停。尸体的嘴唇上涌着淡黄色的泡沫，味道难闻，让我难以呼吸，让我想吐。

我再也坐不住了，起身使劲按着胸口，想正常呼吸，接着走进客厅一头栽在了沙发上。我看看自己的卧室，门依旧像我进书房前那么关着，说明妻子还睡着。孩子们醒来后一般会直接来客厅，楼梯上总少不了噔噔的脚步声。现在楼梯上安安静静，看来他们也还没醒。不光是楼梯，整个房子都安宁无声，徒有一片沉寂四处回荡。

我的焦虑丝毫没有缓解。胸口的负担越来越重，我站起身打开大窗子，迎着屋外吹入的冷风做着深呼吸。虽然有点感冒，我还是很享受这种呼吸的感觉。站在窗前，我看了一眼自己的车。自从政府官方宣布封城，它就一直停在车库里。

"电池肯定快没电了。"我咕哝道。

四周一片寂静，我甚至能听到自己的咕哝声，不禁仔细看去，看着车子，车后稍远的地方，紧闭的铁门外寂静的上坡道，一直看到视线所不能及。一阵凄厉的冷风吹来，一些吹打在胸口上，一些灌进腿里，其余蹭着我的脸溜进了屋里。想必有一部分冷风堵在了鼻腔。我感觉鼻子痒痒的，不自觉打了个喷嚏。本来想把第二个忍回去，无奈把持不住，眼里难受得全是泪。

我关窗回屋，但吹了冷风还是要自食恶果。喷嚏一直打个不停，一旦稍微忍着点就要淌眼泪流鼻涕。找纸巾的时候我猛咳了一阵——干咳不说，连嗓子也揪得很疼。最近公布的感染症状也包括干咳。想到这里，我一边咳嗽，一边按住了胸口。莫非我也要丧命于致命传染病？就在前一天，塔巴苏姆·卡什米里给我发了一条视频。那是一段1918年西班牙流感幸存者小威廉·萨尔多的采访视频。采访录制于几年前，当时的威廉已经八十四岁高龄。观看时我注意到，他的脸上、手上满是皱纹，整个人驼着背坐在沙发上，俨然一个受了惊吓的孩子。追溯着记忆的同时，他那厚厚的镜片后两只眼瞪得大大的，讲起话来也是语序颠倒，仿佛过去的一切都在眼前回放。威廉老人说，西班牙流感传染了全世界三分之一的人口，造成五千万人死亡。堪萨斯的一位军官受到感染，随后疫病开始在全球流行。流行病来势突然且威力凶猛。如果一天清早有人说自己的母亲死于流感，那么当日傍晚来临之前，他的全家都将会因此丧命。威廉是全家八口人中唯一的幸存者。

想着威廉的事，我突然一阵剧烈的咳嗽。待咳嗽稍微平息之后，我不时摸摸脉搏，生怕自己要发烧。根据已经公布的症状信息，被感染后，体温可能会升高。病毒最初进入并停留于口鼻，随后将侵入咽喉，到达肺部。按这个顺序，疾病症状会在五到六天后全部出现。虽然咽喉痛、轻微咳嗽、流鼻涕、打喷嚏并非冠状病毒感染的特有症状，但大概也无法排除这种可能。我找来温度计放在舌头下，屏住呼吸坐下来。没坚持多久，因为一个喷嚏，温度计从嘴里滑落，掉在地上摔了个粉碎。我正要蹲下捡碎玻璃，卧室传来开门的声音。我一转身，看到妻子正朝我走过来。想到老威廉的话，我试图伸手阻止她靠近。无奈这时喷嚏、咳嗽一同来袭，不等我站稳，妻子已经抓住我的双手，扶我在沙发上坐下。她安慰说我没染上什么冠状病毒，只是夜里吹风衣服穿得少，感冒了。尽管感到了一些安慰，但我始终有种恐惧萦绕在心头。所以，我执意将自己与其他亲人隔离开来。此时，楼梯上传来孩子们的脚步声。我赶紧起身进屋，并关上房门。刚才一直为我打气的妻子可能也放弃了，和孩子们一起静静坐在客厅里。我后背顶着门，在屋里站了许久。平日里只要有孩子们在，客厅里必定少不了吵吵闹闹的声音。我竖起耳朵听着屋外的动静。客厅里安安静静，就好像没有人在呼吸。离开门边，我在床上躺下来，然后闭上了眼睛。

妻子和孩子们在门外担惊受怕，而我在房间里也感受得清清楚楚。比起我自己，我更担心他们。为了控制病毒的传播，建议人们保持社交距离，防护措施也必不可少。而我已经开始打喷嚏、咳嗽，说不定还会发烧。无论如何，我必须与其他人分开。一切后果必须由我来承担，而不是我的亲人。躺在床上担惊受怕，我无事可做，感到厌烦，决定做个病毒测试确认，这样一来孩子们也不用继续为我担心。我躺着拨打了好几个电话，然而却大失所望。根据我了解到的情况，目前伊斯兰堡相关病毒的检测能力十分有限。不过，据说滞留在多伦多机场的那三千名乘客被带到了伊斯兰堡机场附近的酒店进行检测。医院建议我留在家中，发生紧急状况就联络他们。一旦需要进行隔离，医院会派救护车来。

公立医院设立的隔离中心也没有给我带来任何好消息。隔离十四天！这让我想到了贝迪[1]创作的一部短篇小说。其中贝迪提到，政府隔离点造成的死亡人数比瘟疫造成的还要多。新闻报道称各家医院已是人满为患，疫情蔓延数日以来已经不堪重负。医护人员本应在医院提供及时的医疗服务，然而，救治能力不足同样也是现实，因为医护人员自己都没有防护装备。我不停地想到小威廉·萨尔多老人的话，和贝迪小说中的人物威廉所说的话——真巧啊，贝迪的小说中也有一个名叫威廉的人物！他名叫威廉·巴戈。瘟疫时期，他负责收集处理染病死者的尸体，同时还要管理隔离点。在那个年月，人们十分忌讳靠近他人，而巴戈却对每一位病人都帮护有加。悲剧之处在于，疫病也将魔爪伸向了他的家人。妻子的喉咙和腋下生出了囊肿，而巴戈并不想带她去隔离点，因为在那里死去的人比城中其他任何地方还要多。用他的话说，那里就是一座地狱！

老天爷！

1　拉金德尔·辛格·贝迪（1915—1984），印度乌尔都语作家，印度进步作家运动代表人物。

我摇摇头，想要忘掉贝迪的小说。我告诉自己：现在的情况还没那么糟糕。

　　妻子缓缓地敲了敲门。到目前为止，我一直都能够抵抗消极的想法，缓解焦虑。我赶紧戴上手套和口罩，将门微微打开，同时不忘保持距离。"怎么了？"妻子没有回答。我将身子探出门外。只见她满眼泪水，一直咬着头巾的一角。她默默将保温瓶递给我。里面装着热水——不，不光是热水，从颜色和味道判断，煮水时好像还加了肉桂、小豆蔻、绿茶以及其他什么东西。我小口小口地抿着，芳香的茶汤徐徐流入喉咙。那段时间，据说喝热水有好处。但有多大好处，我无从得知。不过，时不时喝上一些，我心中的焦虑也在一点点化解。在那之后，我房中就仿佛开通了一条补给线，偶尔会有些吃的喝的送进来。门一开，孩子们惊恐的声音便随之传入。他们大概是坐在那里太无聊了。快到下午时，我看到今早发送尸体视频的朋友发来的信息。那是一条转发的政府声明，说这位逝者的死因不是冠状病毒感染，而是毒品。无论是因为病毒，还是因为毒品，人死毕竟还是伤心事。不过，我的大脑却突然如释重负。现在的我又可以悠然静观整个事态。我开始思考这件事的来龙去脉，对每个瞬间逐一分析。然后我得出结论：自从进入房间以后，我既没咳嗽，也没再打喷嚏。想通以后，我起身开门，兴冲冲地朝孩子们走去。孩子们见状却依旧躲在沙发上，一个个面露惊恐之色。就在我感到费解之时，妻子从厨房里飞速赶来，挡在了我与孩子们之间。

亲爱的

尼拉姆·艾哈迈德·巴希尔

Neelam Ahmed Basheer

他们注定会成为朋友。两人都是风华正茂，样貌标致，聪明伶俐，共同之处不胜枚举。因为趣味相同，二人往往一聊就是几个钟头，而且时常激烈辩论，无所不谈。每次她开启"讲课模式"，他总是打趣着管她叫"哲人索菲亚"。她总是气得不得了。

友情牢固，两个人能够放心给彼此充足的空间，享受差异的同时让彼此"自在呼吸"。可以说他们正是当代觉醒青年的真实写照。

坐在两人最爱的中餐馆里，闻着鸡蓉玉米汤的香味，她往碗里加了点腌青椒。

汤碗蒸腾的热气之上，他望着她问："你有没有想过？"

"想过什么？"她问。

"咱们俩的习惯、思维有多相像。"

她开玩笑道："你我前世肯定住在同一个岛上，你一定是我的灵魂伴侣。"

"没错，灵魂伴侣。"

她笑了："嘿，我说的'伴侣'可是哥们儿——问你借车的那种。"

他笑着回应："我由衷同意。"

她突然感到害羞与局促。平日里的索菲亚总是直率而自信。面对他的热忱，看着他一如往常寻找着自己话中的弦外之音，索菲亚有些不知所措。

"别这么看着我，弄得我好紧张！"

他只是坐在那里，笑而不语。他的汤快要凉了。

她半开玩笑地问："我说，你不会是爱上我了吧？"

"是的。"他答得波澜不惊，目不转睛地看着一脸错愕的她。这源自他心灵深处的回答犹如水下爆炸的冲击波，不断在她脑海中回荡。

她劝道："别！别！不行！这样不对！我不相信爱情。你是我的朋友，对我来说这更加重要。我不允许你以爱的名义牺牲这份友谊。"

"你可以随心所欲。如果这辈子不想跟爱情扯上关系，那也没关系。我爱你，那是我的事，与你无关。"

"但这不可能，我知道不可能！我太了解我自己，我一定也会陷入情网。我跟这种老套、过时的感情纠缠不起，我还有更重要的事要做——真的！你怎么就不明白呢？"

"索菲，别激动，不要担心。我们还是不要与命运对抗。该发生的自然会发生，你无能为力。如果这是上天的意志，那一切便已经注定。"

索菲亚暗叫不好，心想：他没有叫我"哲人索菲亚"，听着好像是认真的！看来他是真的爱我。接下来会怎样？我该怎么办？

"听我说，拉兹，我不太……"哎呀，为什么她会叫"拉兹"，而不像平时一样叫他"拉扎"？她究竟怎么了？"你看，我就怕会变成这样!"

"怕什么?"

"怕我会动感情。我总是用情太深。以前我也爱过,爱得糊里糊涂、自私霸道、执迷不悟。连我自己都害怕。那时是我鬼迷心窍,我不能再重蹈覆辙,让感情冲昏头脑。我不想又弄到无法收拾的地步。"她越说越激动。

拉扎探身过去,在桌下触碰她的手。索菲亚安静下来,她不再说话,沉浸在这奇妙的碰触感之中。

此时的他们注定会相爱。

无论出门与否,两个人总是形影不离。索菲亚感觉自己又一次沦陷了。

她总是情不自禁地看着拉扎,迷失在他的陪伴之中。

她的工作开始受到影响。索菲亚是多个女性组织的成员,是一名积极的社会服务工作者。然而现在,她却显得有些力不从心,晚上连觉都睡不好。索菲亚很清楚,这下自己有麻烦了。

她时常问自己:他现在在做什么?也许在上课,或者跟别的朋友一起看电影,或者在雨中散步。下雨了……雨……迷人的雨……他们二人都喜欢雨。

后来,一天夜晚,拉扎和索菲亚一起排演戏剧。休息时,他们就坐在门外的长凳上。天很冷,两个人牵着手依偎在一起。索菲亚喜欢与拉扎牵手。清冷的月夜,温暖的双手。在一起真好。

拉扎伸手从口袋里掏出两包果汁。他总是带两包,总是和索菲亚就着同一根吸管,先分喝一包,再分喝另一包。爱侣之间什么都是你一半,我一半。两个人总是喝水用一只杯子,吃饭用一个盘子。这已经成为他们之间的日常情趣。

"索菲，我冷。"拉扎小声道。

索菲亚用双手夹着拉扎的手，她握得更紧了，仿佛永远也不会放开。

"索菲，我们是朋友，对吧？朋友之间可以无话不谈，对吗？"拉扎深情地搂住索菲亚。

"嗯。"她有些意外。

"你信任我，对吧？我爱的只有你，我为你放弃了所有以前的朋友。这你都知道，对吗？"

索菲亚调皮地问："是朋友还是女朋友？"

"朋友也好，女朋友也好，管他呢，都是过去的事了。从现在开始，我是你的唯一，你也是我的唯一。"

"我的确是，亲爱的，难道你怀疑我吗？"索菲亚站起来，假装大喊道，"所有的树木、鸟儿、乌鸦还有人们都听着，我大声宣布：我爱拉扎·艾哈迈德！"

"你真是个疯子。不过正因如此，我才爱你，"拉扎笑了，"好了，说正经的，我有话想跟你说。"

"说吧。"

"你我都是成年人了，对吧？有头脑，有知识，能够辨别是非好坏。我们懂得独立思考，思想理性前卫。你我并不是守旧之人，对吧？"

"嗯……"索菲亚思索着拉扎用意何在。

"所以呢？"

"所以怎样？"

"我想要你。"短短四个字出口，拉扎望着索菲亚。他从来没有这样说过话，看着索菲亚的眼神也别有寓意，眼里仿佛堆积着火焰。"我希望我们彼此能靠得更近，打破所有的距离。你明白我的意思吗？"

索菲亚觉得手心冒汗。她猛然躲闪开去，仿佛受到电击一般。"不行！不可以。我不会答应的！""为什么？怎么就不可以？为什么你要拒绝属于两人的幸福？难道这不重要吗？"他咬牙切齿地说。

"好了，好了，冷静点。我们都理智一点，讲讲道理。办法总比问题多，我们得理性看待。"

"闭嘴！别动不动就一副该死的说教腔调！根本没用！"

为了不让双手颤抖，索菲亚打开提包，取出梳子，一下接一下地梳理头发。心情焦虑时，她都会这么做。她可以一边梳头发一边思考。

"拉兹，别像个浑小子一样。我知道，你是个男人，男人有某些方面的需求。只是，我满足不了你。我知道你跟之前的女朋友睡过觉，也知道自从你跟我在一起就一直忍耐着，可并不是我要你这么做的。抱歉，但这是你的问题，你的选择，不是我的。我感激你能告诉我这些，但我爱莫能助。我还没有做好发生肉体关系的准备，因为我没有这种需求。"索菲亚以为这一番话能让她摆脱困境，但她错了。

"为什么你不痛痛快快地承认，即便接受了良好的教育和进步的思想，你打心里还是个怯懦守旧的东方小丫头，总是怕这怕那，被社会和宗教的条条框框束缚着。如果你和其他普通女人一样躲在牢笼里，空谈自由根本毫无意义。压抑自己的感情与欲望并不会让你获得自由。否认自己的需求不过是自欺欺人。"拉扎想要把手挣脱，但索菲亚紧抓着他不放。"告诉我，为什么不行？"他一定要知道。

"因为……"惶恐中的索菲亚开始拐弯抹角，"因为我相信，相爱就要彼此分享、心意相通。这不是儿戏，而是两个人对彼此的承诺。我不否认，肉体的结合很重要，但如果不结婚……"

"结婚？！这话从何说起？"拉扎突然打断她，"我们从来没谈过要结婚。婚姻不是两个灵魂的契合，更像是两个人的毁灭。"

"这我知道，我自己对这种制度也深恶痛绝。它将女性置于卑微的地位，迫使她们遭受男人的奴役。我也有自己的追求。我还想为自己的父母、为所有的女性做很多事。我必须自食其力，证明自己的价值。我自己还没准备结婚。索菲亚·汗的生活还没打算结束呢！"她现在又气又恼。

略微冷静下来后，她用手指将拉扎前额的鬈发向后拨了拨："要不，咱们就这么办。你是我的好朋友，我非常爱你，也明白你的苦心。那就不妨想个折中的法子：我们还像往常那样相爱，与此同时，只要不牵涉感情，你大可以和其他女孩睡觉，可以吗？"

"不行，全是胡说八道！我怎么可以做那种事？明明爱着一个人，却又和其他人发生关系……不行，我办不到。"

"反正我的答案依然是不。你可真傻！为什么就不明白我的良苦用心？相信我，像我这样对这种事这么开明的姑娘，你怕是再也找不到第二个！"

接下来的几天里，拉扎一直尽力尝试说服索菲亚，可她就是不为所动。随后因为期末考试，许多事便搁置下来。

索菲亚坚信，拉扎真心爱她，一定割舍不下。他对她用情太

论的成功实际上是爱因斯坦夫妇共同努力的成果，而并非如全世界所相信的那样，是爱因斯坦一人的思想结晶。

"听着！说了你肯定不会相信的。"拉扎兴奋道。

索菲亚耸耸肩："亲爱的，你什么都不用说，真的。"

"我把她带回家。我们聊了天。天气很热，于是我请她喝果汁。"

"你什么？"索菲亚打断道，"请她喝果汁？"

"是啊。毕竟她是客人，总要招待一下嘛。我俩都口渴得厉害。怎么了，有什么不对劲吗？"

"你拿了几包出来？"索菲亚低声问。

"当然是两包咯。"

"几根吸管？"

"两根。问这个干吗？这有什么重要的？"

"你们是怎么喝的？跟我说实话。"

"怎么喝的？该怎么喝就怎么喝呗，怎么了？"拉扎越说越来气，"这都是什么胡话？跟果汁有什么关系？你可真是疯了。你怎么不问我们有没有做什么？难道你不想知道吗？"

索菲亚怒道："我不在乎。你们两个有没有做什么对我来说不重要！"

"看来你是不在乎咯？那你听着：我们用同一根吸管喝同一包果汁，喝完一包再喝另一包。你想听这个是不是？"回击过后，拉扎一阵无奈。为了她，自己拼命忍耐，牺牲自己的愿望，而这傻姑娘只知道关心那该死的果汁！

索菲亚泪流满面："我许你做别的事情，可没让你跟她如此亲密。哦，亲爱的……"

怪诞的季节

穆宾·米尔扎

Mubeen Mirza

一道道明媚的阳光从窗外射入屋内，法尔坎达不禁想："多么明亮而宁静的早晨啊！"她揉揉眼睛，舒展四肢伸了个懒腰，然后起床。厨房里传来锅具的响动，一定是母亲做完了每日的晨间祷告，正忙着给自己煮茶喝。法尔坎达从枕头下面抽出手表，看了看表盘上的指针。是时候准备去办公室了。

　　待一切准备妥当，她拎了包，临走前看了看镜子里的自己。不过，今天这一例行动作持续了不止几秒钟。她的目光始终停留在镜子上。法尔坎达只觉得自己一步步逼近那镜中的影子。她就站在自己的面前，两眼注视着自己打理整齐的头发。随后，目光移到了她的脸上。略微化了点妆，效果便很不一般，平日的疲惫与单调今天消失得无影无踪。法尔坎达觉得心情愉悦。昨晚一直玩味的那段思绪又出现在脑海当中，她的脸上洋溢着希望的神采。她笑了。临走时，她大声向母亲道了一声"愿真主保佑您"，然后便出了门。

　　办公室里一切如常。但与过去的几个月不同的是，今天这里没有一样东西让法尔坎达觉得乏味或沉重。相反，她觉得一切都是那么惬意，除了一样：时间过得太慢了。她看了看表，还有五个钟头才能见到穆纳瓦尔。

时间一点点流逝，她只觉得越过越慢。五个小时似乎比五年还要漫长。怎么会不漫长呢？时隔近八年，穆纳瓦尔要来看她了。法尔坎达想，这么多年没见，他肯定会有变化！要么胖了几斤，要么多了几缕银发。她也想到了自己日渐泛灰的头发——昨天晚上才刚刚染过。法尔坎达从包里取出镜子，照着自己的头发。一根白发都没有。为什么他还是孤身一人？法尔坎达一边将镜子放进口袋一边想。从昨晚开始，她已经无数次自问自答，此刻她再次自答道："他是个理想主义者，一定是还没有找到理想的对象。"这个答案再次为她带来希望的曙光。她想起曾经与穆纳瓦尔同行回家的日子。为了省下几个卢比的路费，两个人宁可不坐公交车，而是步行一个半小时。将二人联系在一起的，除了贫穷，再无其他。然而，贫穷却是一条十分坚固的纽带，让人懂得将心比心，对彼此的窘困感同身受。他们也深有同感，他们都明白这也是二人能够如此肝胆相照的原因。对于彼此，他们没有任何期待，也没有许诺过共同的未来。他们仿佛是同一驾大篷车上的旅客，一路经历着同样的艰辛，对抗着同样残酷的命运，也因此能够彼此体谅，毫无保留。生活的旅程还在继续。他们在私人公司里不知疲倦地工作，靠着对美好未来的憧憬为彼此打气，也因此对生活抱有一丝信念。这样的日子持续了好几年。有一天，穆纳瓦尔告诉她，自己下个星期要去澳大利亚。他一个月会来两封信。过了一年半，穆纳瓦尔说他要去美国，之后还时不时写信告诉她自己的近况。可时间一长，信越来越少，最终彻底没了音讯。过去六年来，法尔坎达没有穆纳瓦尔的任何消息，昨晚却突然接到了他的电话。仿佛那通电话预示着新生活的到来一般，放下电话的法尔坎达陷入了那段共同的回忆。时间将她带回到过去，又重返当下，却丝毫没有向前。

见到穆纳瓦尔的那一刻，过去八年的隔阂瞬间消失。他依然还是上次见到的模样，还是那副消瘦的身形，还是那对明亮的眼睛，还是那张笑脸，唯一能觉察到的变化是头发剪得更短了。穆纳瓦尔说她一点也没变，法尔坎达亦以同样的称赞回应。坐在餐厅里，两个人有着说不尽的话。穆纳瓦尔为她讲述自己多年来的海外生活，也询问了很多她的近况。他带法尔坎达去了自己的住处。那是一家五星级酒店。她坐在装潢讲究的大房间里，先有果汁端上来，随后是三明治和咖啡。可她满脑子只有那个问题，仿佛这是一件性命攸关的大事。时隔八年再次见面，这种问题怎么问得出口，她自己也不知道。理智告诉她忍着别提，但同时又在怂恿她开口——穆纳瓦尔是她的老朋友了，他们可以无话不谈。法尔坎达陷入了茫然。她告诉穆纳瓦尔自己依旧单身，但对方没问原因，而是岔开了话题。穆纳瓦尔似乎有聊不完的话题，而且一个也不想放过。法尔坎达鼓起全部的勇气，终于开口问道：

"马努，你为什么没结婚？"

穆纳瓦尔一耸肩："因为一直觉得没必要。"

"那你也没这个打算？"

"我还真没认真想过。人们说，既然有牛奶……"他先顿了顿，接着又笑道，"那就放在一边！你怎么还没结婚？"

法尔坎达简直无法呼吸。

"啊，我吗……？倒……倒也没什么特别原因。"说着她咽了咽口水，"其实我的担子也不轻，不能光想着自己。我得供纳吉玛和法拉上学，送她们出嫁。哈利德刚在 NED[1] 念完大学，现如今我……"语气变得莫名沉重，她没有说下去。

"法尔坎达啊……男人不结婚可以更加自在逍遥。在美国和欧洲，很多人都信奉'临时主义'，专注于满足迫切现实的自我需求。再说了，何苦给自己的生活徒增忧虑呢？现在事事都讲合约期限，大可不必一签一辈子。毕竟人生苦短啊！"穆纳瓦尔笑着冲她挤了挤眼。

法尔坎达忽然意识到，她根本不认识眼前这个人了。他面目可憎，目光下流。对于这个人，她心中只有厌恶，一阵恐惧席卷全身。法尔坎达面无表情地看着他。穆纳瓦尔起身走到床头柜前，从抽屉里取出一只扁酒瓶。回来坐下后，他说："法尔坎达，晚餐前我会喝一点，希望你别介意。"

法尔坎达目瞪口呆。房间里的氛围突然变了，仿佛冰冷刺骨。她一个人站在死寂荒漠的黑暗之中，只觉得天旋地转。法尔坎达站起身。

"好了，马努！时间不早了，我想我该回去了。阿妈肯定还在等我。"

"留下来跟我过一夜吧？"穆纳瓦尔搂着她的肩，握住了她的手。

法尔坎达的身体因触碰而燃烧。她很想把手挣脱出来，扇那陌

1　位于巴基斯坦第一大城市卡拉奇的公立院校 NED 工程技术大学。

生人一巴掌。然而，下一刻她却意识到，独自在房中面对他的自己是何等无助。一个声音告诉她，要有耐心。

"你也知道我妈妈，如果我回去晚了，她会担心的。已经这么晚了，我得回去了。"她语气坚定，礼貌地抽回手，然后离开了房间。

古董店

阿姆贾德·图费勒

Amjad Tufail

店铺的左边摆着一排铜壶，铜壶边上摆着一只罐子，几只造型简约的小杯子围摆四周。杯具前放置着若干雕刻精美的刀具和匕首。前面的墙上挂着古旧的服饰。店主坐在对面的柜台后。柜台旁的陈列柜里摆放着古伊斯兰时期的钱币和印章。店里正中间是一方硕大的高台，台面上雕刻着一幅精致的宫廷景观：君主端坐在王位上，美丽的侍女摇着扇子，朝臣分侧而坐；王位的正前方是王宫的入口，入口一侧站着一名手持刺矛的守卫，另一侧的墙边立着刺矛，却不见守卫的踪影。

　　店主的样貌十分古怪。他缠着头巾，一身莫卧儿[1]时代风格的装扮，还一脸胡子，看起来就像是来自两个世纪以前。很少有客人进店光顾，而店主多数时候都在打盹儿或沉思。但只要有人朝门口走来，他就一激灵抬起头，对来人怒目而视。顾客被他犀利

　　1　莫卧儿帝国（1526—1857）是帖木儿的后裔巴布尔自阿富汗南下入侵印度建立的封建专制王朝。

的目光刺得浑身发毛。他说话冷淡，仿佛完全不在乎那些顾客。不过话说回来，他店里的东西也不是卖给凡夫俗子的。这里的古董并不算多：古代的钱币、印章、器皿、服饰，外加几件乐器。几乎没人见他卖出过哪样东西。店主就住在铺子隔壁的房间。他每日从侧门进来，打开店门，掸掸四处的灰尘，然后坐在椅子上成日打盹儿。多数光顾此处的人都是外国游客，所有人都疑惑地望着这位开店的老人。但他毫不在乎，古董的要价件件离谱，多数顾客什么也不买便下阶离去。老人对大理石上雕刻的宫廷画十分崇敬，一有顾客注意到它，他便上前一挡，断然告诉顾客："这个不卖。"

今天，他和往常一样从隔壁屋走出来，打开店门，掸了掸灰，在椅子上坐下。过了一会儿，一个年轻人走进铺子。

老人抬起头。来人走过去，从挂在墙上的若干匕首中取下一把，仔细翻看。

"老先生，这把匕首以前用过吗？"

老人目光犀利地望着他，点点头。

年轻人咧嘴笑了。

老人做了个表情，没说话。

"老先生，您这里有进口货吗？"

"没有。"

"为什么没有？难不成会把您这些东西比下去？"

一听这话，老人愤愤不平地瞪了他一眼，没好气地说道："我不卖英国人的东西。"

年轻人又看了一两样东西，随后离开了。老人徐徐走回座椅。

下午，两个当地向导带着几个外国人进了铺子。他们瞅瞅这个，看看那个。老人站在宫廷雕刻边看着他们。过了一会儿，一个当地的女向导上前问道："您这里有维多利亚女王时期的古董吗？这几位从英国来，想买些那个时代的物件。"

"没有。我这儿没有英国时代的东西。"

一个盯着钱币和印章观察了好一阵子的英国人走过来，问向导："他说什么？"

那个姑娘用英国口音说道："他这里没有维多利亚时期的东西。"

老人瞪了一眼姑娘，猛地将那个姜黄色头发的英国女人的手推开，她的手正伸向那幅宫廷雕刻。

那人惊讶地望着老人，又用诧异的眼神看向向导。

"这个不卖。"

向导用做作的口音重复了老人的话，旁边的英国人笑了笑。

一行人无奈离开。看着他们走远，老人从椅子上猛地站起身。

下午，一个穿着暖和的老者进了古董店，好奇地环顾四周。突然，一个身穿蓝色牛仔裤的美丽姑娘走进店里。她走到老者跟前，语气尖锐地说："爸爸！你怎么回事？！干吗总是翻找些破烂儿？"

老者道："这可不是破烂儿。"

"世界一直在进步，可你还是沉湎于过去。"

店主站在一旁，静静地看着他们。

姑娘一边数落，一边拉着老者走出古董店。

如今店里只剩下老人自己。门外夜色降临，他关上店门，进了隔壁房间，之后又经后门回到了店里。突然，他的身体开始缩小，直到跟大理石雕刻上的小人儿一般大。紧接着，他走进雕刻上的宫门，拿起刺矛站在另一个守卫对面。一瞬间，整个王宫焕发了生机。君王审视着王宫，对总理大臣说道："今天的见闻实在令我无法理解。各位大臣各抒己见吧，也好确认今日所见所闻并非只是梦境，真是比杜撰还要怪诞。"

河

马哈茂德·艾哈迈德·卡齐

Mehmood Ahmed Qazi

突然，船速变了，船身摇摇晃晃，朝一侧倾斜。他以为是船底撞上了什么东西，赶紧用船桨将船身拉向另一侧，想要保持平衡。整条船由右向左，由左向右，终于绕开了障碍，回到了深度正适合行船的水域。河流张开怀抱，船只畅游其中。他舒了口气。船上的乘客对于刚才他所经历的困境毫无察觉。他看看天，碧空万里，没有半点云的踪迹。

　　他加快了划桨的速度，迅速停船抛锚。乘客下船后，他把船拉到靠近岸边的沙滩，去自己的小屋里拿了工具，打算把船底翻过来。船倒扣着，像一座小小的山丘，他仔细检查了船身下部，那里有一侧受损，但并不严重。他还发现，船头已经寿命将尽，船身也需要妥善的修理。想到这里，他不由得内心一紧。这样一来，至少要赔上一千到一千二百卢比。儿子不久前才进城，刚刚找到工作，也不知那里能不能预支点工钱。他陷入了沉思，又陡然回过神顺着流动的河水，找回到刚才那个位置——那个该死的地方。他不知那是什么，何以如此，不知是他四十年的经验阴沟翻船了，还是有什么怪异的原因。也许其他人还浑然不知。他进了小屋，堆了些干木柴，找来其他必要的用具，生起火，抽斗烟。苦涩的烟气吸入喉咙，他还是觉得没味道，可能是烟叶不太好。烟没抽尽兴，他平躺在床上。现在他还没心思做饭。他回想起和妻子共度的那些时光。如果有她在，肯定会满怀爱意地催他吃些东西。哪天若是发生了倒霉事，两个人也能一起商量着办，因为她是船夫的妻子，对河流也略知一二。那一日，她就是沿着这一条河道来与他成婚的，她那涂着当地传统色料的红唇在头巾下颤抖着。新娘坐在他父亲身边，他总忍不住要偷看她。父亲大概是发现了他的小动作，喉咙里还发出一阵不悦的声响。羞愧的他努力将目光投向身畔流过的碧水。她生性温柔，如同神圣的清晨一般，只可惜红颜命薄，他刚成为父亲，有了自己唯一的儿子，她便踏上了无归之路，一去不返，留给他的只有那一年零数日相伴的记忆。透过往昔之窗忆起她，他的眼睛时而大睁，时而闭上。然而今天发生的事必然另有原因。他的思绪离开过去，不断思考着，可他始终想不出那原因究竟是什么。他在迷惑中进入了梦乡。从那天开始，他依旧载着乘客来来往往，但每次经过之前磕碰的地方，船都会抖动一阵，而他却不知原因何在。之后，他尝试避开那条水路。别的也许不清楚，但他至少知道一样——那该死的地方周围的河水颜色发黑。

迟迟等不来雨水，人们开始口干舌燥。但是雨季到来后，这里依然干燥。乌云从未如此叛逆。泊船之处已经没有了聚集的人群，失去了平日的笑声、闲聊声，只有个别人偶尔来此。

他们或者陪同老弱，或者有必办之事。而他自己也是百无聊赖，多数时间都在犯困。因为水太浅，他必须多划一段路接送乘客。时间一久，河上冒出了许多干燥的沙尖、沙堆。牛也只能走到距离岸边很远的河心处饮水。洗衣的妇人如今也壮着胆子来到河中央。接下来的雨季也没好到哪里去，连声招呼都没打就悄然而过。久而久之，处处只有干旱。他已经给儿子捎了信，让他预支些工钱用于修船。可如今看来，修了怕也没什么用。河里根本没有水。

城市里的污垢、烂泥与淤浆裹挟着臭气奔涌而来。又一个雨季到来，他的船依然停在原地。如今，人们自己走路就能过河。河流已几乎死亡。儿子到家时，他正坐在沙滩上，羞愧得无地自容。握过手之后，儿子把钱递给他，说终于还是凑齐了。他一言不发，只是默默地把钱放到一边。他望着儿子，又看看天空，说道："别惦记船的事了。我给你做点晚饭。"做饭的时候，他说："孩子，河流对我们并不仁慈，它在光天化日之下背叛了我们。又能怎么办呢？日子不好过啊。碰上这种难关，结局显而易见。"儿子的手一直放在父亲肩头，想让他分分心。父子俩说起别的话题，想到其他事，船夫暂时忘却了船的烦恼。儿子很清楚，父亲什么都能忘，可就是忘不了水。水是父亲的灵魂。

接下来的两三天里，儿子每日早早起身，忙着修理船只。他还找来两个人手帮忙。父亲总是远远坐在一边。他看到了，却什么都没说。他置身事外，只顾着抽烟。

第四天，他站起身，看到儿子正给船身上色。这么多年来，他第一次欣赏起这艘船的船身。他走近了几步。儿子说："起初我也在犹豫，可后来一想：与其失望，不如先回头再看一眼。与其干坐着，不如把船修好，再等雨季到来。"

父亲握起儿子沾满颜料的手。儿子说："爸爸，您的手……"而父亲看看儿子的手："你的也……"两个人看着彼此的手，开怀大笑。

残障人士

贾米勒·艾哈迈德·保罗

Jameel Ahmad Paul

斯坦福德学校的环境十分诡异可怕，对于库尼尔来说，至少第一天，他感觉是这样的。他知道，能从政府部门谋一份工作已是很大的福气，即使只是小小的七级职位，也已经能让他不再挨饿了。当然，对于受过高等教育的库尼尔来说，做这份工作有些大材小用，但有工作总比没有好。

　　他曾经历过忍饥挨饿的可怕生活。过去，他相信孤身一人就不会忧愁。虽然是家中独子，但是他与父母已经多年没有联系。不知道他们过得怎样？他有时会想，可能父母都在等着我，也可能其中一人已经去世了。但是，这样想是徒劳无益的。如果库尼尔的父母知道他的近况，可能会伤心欲绝。

　　他多年前就离开家乡，来到这个大城市寻找机会并接受教育。开始的时候，父亲按照常情给他一些补助，他也每隔一两个月就去看望父母。但是后来，他去看望的次数变少了。他成功通过硕士考试后，父亲也不再给他寄钱了。拿到硕士学位后，再去看望父母的时候，库尼尔也觉得继续向年迈的父母索取是不对的。性格倔强的他随后做了一个决定：在谋得一份生计之前，不再去拜访父母。这种倔强的性格使他损失惨重，原本的一些积蓄后来不够用了。在租屋生活的时候，他认识了三四个朋友，于是转而向这些人求助。他向其中一个人借钱，然后又向另一个人借钱，如此反复……他过得很悲惨，也一直在找工作。出于同情，朋友们给他介绍了一些私人性质的工作，但也仅仅能维持一两个月。他最大的障碍是性格太老实，所以常常连吃饭的钱都不够。最惨的时候，他身无分文，觉得自己可能只能自杀。虽然这样浑浑噩噩的日子还不如死了，但他不能去自杀，因为他的性格比任何人都要倔强。

在过去的两个月里，他一直和曼苏尔一起生活。曼苏尔是他学生时代的铁哥们儿。他曾帮助曼苏尔写过论文，曼苏尔因此非常感激他。但在毕业之后，他们从未见过面。一次偶然的机会，他们在路上相遇了。曼苏尔的家境也不算富裕，但他家有一个供仆人使用的附属房间，并且有独立的厕所。这个房间的门朝向街道，是完全独立的房子。曼苏尔家当时没有雇佣仆人，所以他让库尼尔住进去，库尼尔欣然同意了。库尼尔要自己负责每日的饮食。他曾经通过校对赚过一些钱，后来，他又找到了一些翻译的工作。临近考试季，他又挣了两个月的补习费，但所有这些收入都不足以让他能够去看望父母。

在这样窘迫的情况下，在斯坦福德学校找到一份工作就等于获得一张通往天堂的门票。曼苏尔在库尼尔找到这份工作之后，还帮了他别的不少忙。不管怎样，库尼尔成为一名老师，也算是实现了梦想。有了这份薪水，他手头会宽裕不少。当然，这对他来说有点屈才，但这毕竟提供了保障，让他不再挨饿。他将继续寻找更好的工作；他发现生活并不是绝对的黑暗，其实也有些许斑斓的色彩：蓝色、黄色、红色、粉色、绿色……

斯坦福德学校很特殊：它是一所政府学校，专门为身体残障的学生设立。校长在第一天就告诉库尼尔，英国政府当时决定专门新建两类学校：一类是针对身体残障的儿童，另一类是针对精神有问题的儿童。英国人认为，由于某些先天缺陷或意外事故而残障的儿童，在与正常儿童交往时会有自卑感。这些儿童在长大成人之前应在专门为残障儿童设立的特别机构中接受教育，这样他们的状态就会更加正常。从长远来看，他们将会过上正常人的生活。

这样的学校已经建成了，斯坦福德学校就是其中之一。所有主要城市都必须设立这样的学校，发起该项工程的官员却因为自己从屋顶摔下来，也成了残障人士。他的两条腿骨折了，因此无法履行职责，不得不辞职。这个项目随后被终止，但斯坦福德学校被保留了下来。它从成立到现在已经有一百多年了，按照传统，这里只接收残障人士。

库尼尔首先见到了学校的工人，然后才是校长。他的口袋里装着任命书，经过多番询问后，来到了学校所在的街道。这条街很安静，几乎是一片死寂。时间正是早上九点，没有迹象表明这里还有一所学校。与普通学校不同，这里没有围墙或路障。一堵高墙上嵌着一扇黑色的门，门上写着"斯坦福德学校"的字样。校门紧闭，大门和门上的字都锈迹斑斑。库尼尔敲了半天，一个面目狰狞的人开了门。看到他的脸后，库尼尔着实吓了一跳。"谁在敲门？"开门人的声音嘶哑，瘦骨嶙峋的脸上耷拉着几块肉。

"我是来见校长的。"库尼尔鼓起勇气说道。

"为什么要见他？"那个嘶哑的声音继续问。

"我是这里新聘任的老师。"库尼尔答道。那张可怕的脸将库尼尔从头到脚打量着，接着发出一声长长的"哦……"。他关上门，然后就消失了。库尼尔犹疑不决，不知道该怎么办。

过了一会儿，门再次打开。"过来吧。"依然是那个声音，依然是那张狰狞的面孔。库尼尔跟着他，觉得自己进入了一个全新的世界。外面的街道上空气清新，洒满了三月明媚的阳光，学校里面却仿佛是隆冬时节。一股怪异的气味四处蔓延，潮湿和阴冷让这种气味更加严重。他似乎进了一家卖鱼的店铺，一股奇怪的霉味……

学校的建筑也很逼仄。那种奇怪的气味可能来自墙上的绿苔。校长的房间又窄又暗，看不到任何灯光，可能是已经停电了。库尼尔什么也看不见，"请坐"的声音让他感到害怕。他觉得有一张桌子占据了半个房间，他站在桌子的一边，校长坐在另一边。这都是库尼尔的猜测。

校长的脸上架着一副墨镜。库尼尔很吃惊，在这个黑暗的房间里，校长戴着墨镜怎么能看到他。库尼尔静静地坐下来。

"你是新来的老师吗？"校长问道。

"是的。"库尼尔利落地回答。

"给我看看你的任命书。"校长直奔主题。库尼尔拿出了那封信，展开后递给了校长。校长开始阅读那封信。库尼尔感到很害怕，在这样的黑暗中，他不戴墨镜都看不清，校长是怎么看清楚的。也许，他是假装正在阅读。

"那么你就是库尼尔先生？"校长问道，这进一步增加了库尼尔的恐惧。他并不是在假装，他真的能够清楚地阅读。但是，在这个黑暗的房间里，戴着墨镜，他是如何做到的呢？"你现在应该去财务室，也就是隔壁房间的隔壁。"他用左手指了指。库尼尔发现，那只手没有手指，只有手掌。他默默起身，走了出去。

会计可能是残障人士，也可能不是，库尼尔无法确定。他有着正常人的所有器官，但是有点不对劲，在他的脸上看不到那个叫"下巴"的东西。他的脖子就在他的下嘴唇下歪着。他有一对巨大的耳朵，让人联想到蝙蝠展开的翅膀。和校长一样，他也是个沉默寡言的人。库尼尔做了简单介绍之后，他从库尼尔手中接过任命书，拿出一个登记簿和一些表格，然后花了很长时间来填写这些表格，接着在登记簿上写了些什么，最后对库尼尔说："在这里签名。"他用手指着纸。

看到上面写着"入职函"后，库尼尔懒得再去看细节，就在纸上签了名字。签完四份后，他还要在登记簿上签名。就像被人催眠了一样，库尼尔完成了这一切。

"好，你现在回去找校长。"会计告诉库尼尔。库尼尔又回到校长办公室。

"请坐。"校长说。这似乎是他每次与人见面说的第一句话。

这一次，校长不再寡言少语。也许，他认为入职之后，库尼尔就不再是陌生人，而是成了教职人员。

他谈到了更多的细节，他告诉库尼尔，学校有一百五十多名学生，开设有一到六年级，是典型的基础教育模式。包括库尼尔和校长本人在内，一共有七位老师。索尼娅小姐负责管理宿舍。这所学校的基本入学条件是，就读的孩子必须是残障。而对于教师来说，身体残障被认为是一种"额外"的要求。

校长继续讲了半个小时，与此同时，他还让那个面目狰狞的工人给库尼尔递了一杯茶。这杯茶又黑又苦，但库尼尔不得不接受，因为他觉得入职的第一天就拒绝别人是不礼貌的。

"你现在可以走了，明天八点过来。到时候再完成剩下的事项。"校长直截了当地说。库尼尔不知所措地站了起来。回来的时候，库尼尔自责自己的胆怯。为什么要如此惊慌失措？他们毕竟也是人。即使他们是残障人士，为什么要害怕同类？经过如此多艰难才得到这份工作，必须要有所妥协才对。也许，一两个月后，他会找到更好的新工作，但怯懦是没有道理的。

没过几天，库尼尔就适应了学校的环境。校长让他住在学校里。学校的建筑是二层小楼，一楼是校长办公室、其他办公室和一到三年级的教室。在拐角处，有若干供教师使用的小房间。右边是黑暗而狭窄的台阶，通向二楼。二楼左边有一个长长的斜坡，轮椅可以轻松上去。

库尼尔了解到，校长视力非常弱，但他不是盲人。他可以通过不断的练习来完成每一项工作。奇怪的是，他的眼睛像猫头鹰，在亮光下看不见，在黑暗中却能看得很清楚，所以他的房间里不需要灯泡。知道这件事后，库尼尔觉得很有趣。原来入职的第一天他是自己吓自己。

从第一天起他就明白，在这群残障者中，他显得多么与众不同，他觉得自己属于另一个世界。他是这个学校里唯一的正常人。第一天，当他上楼走进四年级的班级时，发现所有的学生都有残疾。站在学生面前，他意识到他们所有人都在用仇恨和偏见的眼光看他——为什么他们的老师是健全的？库尼尔知道自己必须每天忍受他们仇恨的态度。

教工室就在宿舍附近。上课时间是上午八点到下午四点，中午一点有半小时的休息时间，所有的学生和老师都在这段时间用午餐。老师们在教工室用餐。他在教工室第一次见到了其他的教职员工，不得不面对在教室里感受到的同样情绪。他可以应付他的学生，但如何应付这些年老的教职工？

有两位老师坐着轮椅来吃午餐，分别是三年级的老师拉米奇先生和二年级的老师莱普先生。第三位老师叫贾姆，他缺了左臂，另外两位老师纳什和里赛克的右腿从膝盖以下就残缺了，拄着拐杖来用餐。库尼尔还了解到，第六位老师德哈恩因病没有来学校，他可能也是个瘸子。这一点随后得到了证实。宿舍厨房有两个厨师，都是哑巴。库尼尔原以为索尼娅小姐会是唯一的美女，但是事与愿违，这位"小姐"大约六十岁，鼻子的形状有点像鸭子，双眼离鼻子有很长一段距离，右眼过于炯炯有神，看起来是义眼。

大约八十个学生正在隔壁的房间里分成前后两批吃午餐。非常奇怪的是，没有一个学生说话，只能听到餐具相碰的轻微声音。库尼尔在他的教室里也发现同样的寂静。一群孩子，一片寂静！多么不自然啊，库尼尔第一天就注意到了。

"我们这层楼的第六个房间是留给你的，"纳什把残疾的腿放在另一条腿的膝盖上说，"学校的老师都住在这里，只有你还住在外面。"

"今天是他上班的第一天，他很快就会适应的，"里赛克插话道，"然后他就会申请住在这里。"

他撕咬着鸡腿，仿佛在为他失去的腿复仇。

库尼尔默然不语，他也不想说任何话。

"你感觉怎样？习惯这里的环境吗？"索尼娅小姐也开始插话了。

"有什么不习惯的？难道有谁来到我们学校，会觉得这里不是自己的家吗？"贾姆非常自信地说。

"哦，是的，关于我们的学校，还有什么好说的呢？"里赛克边咀嚼边说。

库尼尔继续微笑，但在内心深处，他已经退缩了。有个声音在反复说："你绝对是与众不同的。你和他们不一样。你不应该待在这里。"

还没到月末，库尼尔就已经决定不再留在这里。他打算在拿到第一份薪水后辞掉这份工作。但是，当他第一次收到蓝蓝绿绿的纸币时，他又改变了主意，有什么好害怕的？的确，他周围都是残障人士，这让他内心有一种奇怪的感觉，但他为什么要害怕呢？是的，他们都有自卑情结，那是因为他们身体有残疾。库尼尔在学生中也不受欢迎。但是，这不比饿死好吗？卑微地活着总比死亡好。今天领到的薪水实际就是为了抵消这样的蔑视。辞去这份来之不易的工作是非常愚蠢的行为。除非找到一份更好的工作，否则就应该坚持下去，必须坚持下去。他有生以来第一次看到这么多的钞票。他决定请假两天，去探望自己的父母，他很久没见到自己的父母了，不知道他们现在的状况。他想，他或许可以申请调职，也许能申请调到他的家乡。他想去照顾父母。一想到父母，他就泪流满面。

第二天，上完课后，在下楼的时候，他再次确定，现在就辞职是愚蠢的。

无论上楼还是下楼，他都是一个人走。他在入职的时候就知道这个可怕的事实，有很多人因为残障而无法使用楼梯。他们利用斜坡上下楼。这些坐在轮椅上的人怎么可能使用楼梯呢？库尼尔几乎是学校里唯一使用楼梯的人。

像往常一样，楼梯里一团漆黑，但库尼尔今天更害怕了。他的第六感迫使他不要走楼梯。他安慰自己说，他的恐惧是胡思乱想的结果。他开始走下楼梯，还没走两步，突然就听到有人喊叫。他急忙回头看，但是还没有看清楚，就被一只强壮的手臂大力地推搡。他惊恐万分，一句话也说不出来。他跌下台阶，摔倒在水泥地上。他听到脊椎碎裂的声音，随后发出一声尖叫，就昏迷了。

听到声音后，学校的工人跑了过来，会计也跟着跑了过来。在两名能够行走的学生的帮助下，库尼尔被抬到担架上，然后被送往医院。

医院的 X 光片显示，他的脊椎骨有两三处骨折，而且是不可能恢复的。

库尼尔在医院里待了两个半月。医院管理层给斯坦福德学校员工半价优惠，剩下的一半费用由学校承担。

两个半月后，库尼尔回来了。他现在坐在轮椅上，从心理上接受了自己的残疾。他注定要在轮椅上度过余生。校长亲切地欢迎他：

"哎呀，库尼尔先生，你的身体现在怎么样了？"对库尼尔的返校，他似乎非常高兴。

"看到你已经康复，全校师生非常开心，我们一直惦记着你。

所有的学生和老师都在为你祈祷。看到你，他们一定非常高兴。"
校长说。库尼尔以冷笑回应他。

"哦，对了，我想起来了，"校长继续说，"在出事之前，你提交了一份调职申请。这份申请还在我这里。我要把它转发出去吗？"

"先生，我想你最好不要转发。我的心属于这里，我想永远待在这里。"库尼尔说。随后，他推着轮椅去拜访同事。

同时，他开始考虑第二天就要申请校内宿舍的事情。

化装舞会秀

哈米德·拉齐

Hameed Razi

像往常一样，萨米娜拿出了孩子的校园日志。看完后，她开始担心起来。

　　"学校要求我们给谢赫扎德买一件化装舞会穿的衣服。"她看了看穆达萨。穆达萨把目光从报纸上挪开，过了几秒钟，又开始阅读报纸。一阵冰冷的沉默。实际上，自从将自己的工资拿出相当一部分（如果够用的话）交给萨米娜后，穆达萨就觉得家庭开销没他什么事情了。萨米娜将他手中的报纸拿走。

　　"一天就花掉七八百是不明智的。"

　　"这是没办法的事情。"

　　他把报纸夺了回来，但是发现萨米娜是郑重其事的，于是把报纸放在桌上，准备和她讨论这个话题。

　　"不是买衣服要多少钱的问题。问题在于，应该买什么衣服？"

　　"我觉得古尔达配拉查[1]很好看，"谢赫扎德听到他们的对话，踩

　　1　古尔达（Kurta），南亚人所穿的一种宽松的无领衬衫。拉查（Laacha），印度次大陆的一种长及脚踝的裙子，饰以不同风格的刺绣图案。

着自行车靠过来，"但是爸爸，拉查会松掉，我也不知道怎么穿。"

"宝贝，我们会有办法的。"

"萨米娜，衣服得按照我们的文化来买。"

"我的意思是衣服应该代表我们的历史。"

"哇，你这样说话，显得很有学问的样子。"

萨米娜笑了，笑容中透露着将要花钱而带来的苦涩。

这时候，女仆阿赫塔丽走过来，萨米娜随即和她一起出去了。

当谢赫扎德像平时一样来找穆达萨，让他讲故事时，穆达萨的思绪依旧停留在化装舞会的衣服上。

"从前有一位国王……"

"爸爸，现在国王已经不存在了。"

"还存在，不过他们已经不叫国王了。另外，宝贝，不要打断我。"谢赫扎德答应了爸爸，穆达萨继续讲故事。

"国王统治国家一段时间后，他派出的探子告诉他，人们开始反对他。但是问题是，没人在语言上冒犯他，也没人当面顶撞他。反叛的火焰只是在人们的内心燃烧。国王把这个问题交给内阁讨论。有位大臣建议为国王制作一件特别的衣服，反对他的人将无法看到这件衣物。所有人都同意这个主意。国王在既定的日子里穿着这件衣服在城里游行，大家都没有作声。这意味着所有人都看到了那件衣服，他们都不是反对国王的人。但是当一个小孩开始大叫的时候，情况发生了变化。"

"国王没穿衣服，他是赤身裸体的！"谢赫扎德的眼睛亮了，"但是，爸爸，为什么其他人不告诉国王他没穿衣服呢？"

"哦，因为如果他们说出来了，他们就会被当成敌人，并且会受到惩罚。"

"那么，爸爸，接下来发生了什么？他们是怎样对待那个小孩的呢？"

故事到此为止，似乎并没有惩罚大多数人。

"他们可能会杀掉那个小孩。"谢赫扎德注意到穆达萨开始担心起来。

"这不公平，爸爸。"

"好吧，宝贝，别担心，我换个方式讲完这个故事。首先，每个赤身裸体的国王都有一批拥护者；其次，具有赤子之心的人才会讲真话；最后，国王应该在走到赤身裸体这一步之前就退位。"

穆达萨看了眼谢赫扎德，发现他已经睡着了。

第二天，化装舞会秀依然是一个棘手的问题，但因为有客人拜访，这个问题只能搁置一边。

谢赫扎德很喜欢前一天的故事，要求再听一遍。穆达萨望着天空，又开始讲了。

"从前，有一个国王，他不知道国家被他治理得好还是不好。人们对他的所作所为漠不关心，从不向他提任何要求。国王对此很不高兴，召见了众大臣。其中一个大臣建议对人们课以重税，这样，他们就会抱怨。国王觉得这个主意不错，就对人们征收重税。但是六个月过去了，依然无人抱怨。国王再次召见众大臣，又增加了赋税。一年过去了，还是没有任何人抱怨，但是物价飞涨，自杀人数猛增。"

"爸爸，人们是被饿死的吗？"

"不是饿死的，就是自杀身亡的。但是宝贝，不要打断我的思路。"

谢赫扎德安静下来，继续听故事。

"国王又召集那些大臣，其中一人建议：'我们制定新的法律，让南方人去北方工作，北方人去南方工作。这样，人们陷入困境后，就不得不对你摇尾乞怜。制定这项法律所花的时间连一天都不要。'

"三个月过去了，依然没有人摇尾乞怜。国王勃然大怒，再次召集众大臣。他们花了很长时间讨论这个问题，最后决定让人们从南方前往北方，而从北方前往南方的人将被棍棒殴打。"

"这不公平，爸爸。"

"但是，儿子，事实就是如此。棍棒之刑成为法定的惩罚。一年后，国王因愤怒和怨恨而变得疯狂，他再次召开会议。国王说：'如果人们不这样做，就把他们逮捕起来，带来见我。'后来，人们被带过来了。国王问他们：'你们有什么困难吗？你们有什么诉求吗？'

"人们一声不吭。当国王第三次询问时，一位老人站出来说：'尊敬的陛下，应该增加施刑者的数量。当我们去南方工作时，需要接受棍棒之刑的人太多，这很浪费时间。'"

"那么，爸爸，对于这样的要求，国王是怎么说的呢？"

"孩子，故事到此就结束了。有时候，没有结局的故事更加意味深长。"谢赫扎德没有说话，走进了自己的卧室。

接下来的两天，穆达萨去了费萨拉巴德。回来的那天，正好是举行化装舞会秀的日子，他径直去了学校。他到学校的时候，舞会秀结束了。谢赫扎德出来了，他穿着军装。事实上，百分之九十五的孩子都穿着一样的衣服。当穆达萨回到家时，他的妻子正在等他。他跨进大门，说："你是对的，应该穿上纪念我们历史的那件衣服。"

陈肉

努尔·乌尔·胡达·沙阿

Noor ul Huda Shah

这座富丽堂皇的别墅里从不缺少女仆，新来的女孩不声不响地加入了她们的行列。青春靓丽的容颜和落落大方的仪态使她格外引人注目。

这位新来的女仆不施粉黛，透露出本来的清纯气质。府上的少爷对她一见钟情。她胸部丰腴，臀部浑圆而结实，纤腰束素，把这位别墅继承人迷得神魂颠倒。二十七岁的男孩对女人和酒有一种特殊的品位。每次目光落在她的身上的时候，他都觉得自己在啜饮伏特加。这一切都让他浮想联翩。他渴望有一天能品尝到她的身体。

这一天终于来了！晚上，他发现她独自一人待在别墅南边的拐角处。"你叫什么名字？"他问，双手像蛇一样盘住了女孩的细腰。女孩吓了一跳。男孩的攻势让她感觉像被黑蝎子咬到了脚。她感到惊恐和恼怒，从他的双手中挣脱出来，走到一个安全距离。女孩满脸疑虑地看着男孩："谁给你这样的权利？"

少爷充满欲望的双眼因失望而变得黯淡。他饥渴难耐，喉咙里像是被插进了仙人掌。他想："也许她还太年轻，不知道别墅里的一切都归我所有。"少爷一边想，一边回味她那丰腴的腰身。

又有一天，少爷在别墅里漫不经心地溜达。他觉得母亲的房间因为女孩的存在熠熠生辉。女孩没有穿披巾，她在清理女主人的地毯，曼妙的身体非常撩人。一道彩虹在少爷的心中飞舞，抚动着他的情丝。女孩已经觉察到少爷就站在门口。由于担心上次的遭遇再次上演，她迅速起身，想抓过披巾遮裹住身体。还没来得及，少爷强有力的双臂就再次围住了她。

"你为什么要躲避我？你美妙的身躯不需要遮盖，而是要'展示'出来。从了我吧，我将让你过上富足的生活。"少爷的话显得语无伦次。他弯下身子，将自己的双唇靠向她的双唇。女孩用惊恐的眼神看着他。两人的嘴唇还没有碰到一起，她就狠狠地咬了他的胳膊。少爷发出痛苦的尖叫。女孩迅速挣脱开，跑出了房间。她来到院子里，空地上晾晒着麦子。她忙碌起来，挑出麦子里的石子。

"她是谁，妈妈？"男孩假装什么都不知道，无辜地问他的母亲。听到少爷的声音，女孩把脸转向墙壁。母亲对儿子的习性并非一无所知，但她掩饰了自己的情绪："哦，她是胡杜的妻子，是新来的，但很懂事。我让她伺候我。"母亲解释道。

少爷凝视着女孩，母亲的话让他感到失望。在这座别墅里，所有女子在结婚前都要将初夜献给主人。这样的传统从古代流传到现在，少爷也在坚持着这个习俗。如果这位新来的女仆不是已经和胡杜结婚了，她也要遵循这个传统。

几个星期前，这个女孩刚从村里搬进别墅，在这之前的几天，她刚刚和她的表哥胡杜结婚。在这座豪华的别墅里，胡杜的工作是在外面招待客人，而她为别墅的女主人服务，照顾她的日常起居。

尽管女孩已经结婚，但她依然像一朵刚刚开放的艳丽玫瑰。在少爷渴望的眼神中，她就像一瓶未开封的伏特加酒。然而，要征服女孩诱人的身躯是非常艰巨的任务，但少爷并没有灰心丧气。"总有一天我会登上她那朝气蓬勃的珠穆朗玛峰。"少爷常常想。

他像一个猎人，悄无声息地追捕着这个女孩。又有一天，别墅的主人们吃过午饭，正在午睡。少爷发现女孩在洗衣房洗澡。这是一个炎炎夏日的中午。洗完主人的衣服后，女孩打算洗澡，但不知道如何锁门。她想：谁会在这个时候过来呢？于是就关上了门。站在干净的淋浴喷头下，女孩非常开心，激动又兴奋。在家里，这个可怜的女孩从没梦想过这样的奢侈。

当少爷往洗衣房偷看的时候，他愣住了——女孩赤身裸体地站在淋浴喷头下。他轻轻地打开门，走了过去，触摸她的身体。女孩非常害怕，她不知道接下来将要发生什么。突然，洗衣房里回荡起女孩的尖叫声。少爷惊恐地离开了洗衣房。女孩在门后站了一会儿，担心少爷会回来。洗完澡后，女孩迅速穿好衣服，匆匆回到自己的宿舍。"她的确是珠穆朗玛峰，我没有办法征服她。"少爷一边换着湿漉漉的衣服，一边胡思乱想。

而女孩也惴惴不安。那天晚上，当胡杜结束了一天的工作，溜到她床边的时候，女孩把脸埋在他的胸口，一边啜泣，一边低声地说："表哥！我可以向你倾诉一下心事吗？""可以，你说吧！请问，你为什么哭泣呢？""我不想再去别墅了。""为什么？发生了什么事？"女孩的丈夫用不在意的语气问道。在啜泣声中，女孩讲述了事情的全过程。

"那又怎样？搂抱和亲吻并没有什么大不了的。他们是我们的主人。他们养活我们。他们拥有一切。"胡杜轻描淡写地说道，好像什么都没发生一样。

"你难道没有尊严？"女孩冷冷地说。她听说乡下男人很勇敢，荣誉感很强，他们可以为自己的尊严而拼命。她看了看丈夫，觉得胡杜在她面前像是一条蠕虫。

"你看！尊严又不能当饭吃。如果我们过于看重尊严，我们会饿死的。按少爷说的去做就行。"他这样说，像是一个皮条客。

"不，绝不。我不会再去那里。"女孩很坚决。

"你这是什么意思？"胡杜拿起一根棍棒，敲打她的腹部。新婚的妻子被他打倒在地，结结实实地挨了一顿揍。愤怒的胡杜坐在女孩的胸口，用力掐住她的喉咙。女孩无法呼吸，眼球都凸了出来。对她来说，她的丈夫变成了比少爷还恐怖的怪物，他说："如果你不听主人的话，我就和你离婚。"女孩躺在地上，不断地抽泣。

第二天早晨，胡杜去找她，把她拥在床上，劝说道："要知道，我们都是穷人。一个月两百块的薪水无法让我们过上体面的生活。我们的生活是多么地匮乏。你要知道，穷人是没有尊严的。我们的身体属于我们的主人。如果你能哄少爷开心，他就能够让我们获得需要的一切。我一直在祈求真主，希望他赐予我这样一位妻子，能给我的家庭带来财富。"这番说教击垮了女孩，但是她一句话也没有说。

第二天晚上，当少爷走进他的卧室时，他无法相信自己的眼睛——女孩坐在地毯上，正靠着沙发休息。他打开灯，整个房间都充满光彩，映照着那年轻而曼妙的身体。珠穆朗玛峰已经移到他的卧室，主动让他征服。真是让人难以置信，他不费吹灰之力就战胜了这座高不可攀的山峰。

"主人！请关上门，不要让别人看到。"女孩带着忧郁的笑容请求道。尽管这位少爷平时也有"关门"的习惯，但想起手臂上的咬痕和洗衣房里的尖叫声，他有些紧张。当他关好门再回来的时候，他的疑虑消失了。他看到年轻的女孩正在宽衣解带，露出了迷人的身躯。看着坐在地毯上的熟透了的肉体，少爷不禁神魂颠倒。春宵一刻值千金。少爷把她扶到床上，踏上了攀登珠穆朗玛峰的征程。清晨，当女孩离开，前往自己的宿舍时，她的手中握着折好的两百卢比。

当她把两百卢比递给胡杜时，胡杜非常开心地亲吻了这两张红色的钞票。慢慢地，胡杜的储蓄越来越多了。在接下来的每一个清晨，他都会收到两张红色的钞票。女孩通过肉体让少爷的生命充满欢乐。她这样做，不是为了发财，而是为了取悦胡杜。在她的世界里，胡杜是她的人间之神。每天早上，当她离开时，都会答应少爷第二天会再来。

这一年，少爷已经二十七岁了。他的姨妈建议他的母亲给他娶妻。"是时候让他停止放纵，过上稳定的生活了。"姨妈提议道。男孩欣然同意了结婚的提议。他也想品尝一下婚姻的甘露。幻想将要迎娶年轻的处女新娘，这让他收敛了与女孩的行为。现在，他只是把她拥在怀里，然后倒头便睡。早上起来的时候，他有时会忘记给她钱。尽管如此，女孩还是继续前往少爷的卧室，希望能得到他的垂青。

少爷的婚期到了。他非常兴奋。

"少爷今天很高兴。他将把红色的钞票扎成花环送给你，让你开心。马上去找他吧。他刚刚进入别墅。"胡杜气喘吁吁地走进宿舍。

他的眼睛里闪烁着贪婪的光芒！"不，我今天不会去。"女孩已经明白，她无法再通过肉体的魅力哄主人开心。但胡杜坚持道："啊！疯女人，今天你会获得最丰厚的礼物。""不，我说了我今天不会去。"女孩再次拒绝。

"你说什么？你不去？"胡杜怒不可遏。女孩害怕再挨打。在打她的时候，胡杜总是太过于冷酷无情。女孩不情愿地站了起来。那天她穿的是一条花裙子，这条裙子曾经寄托了她浪漫的幻想。每次做完别墅的杂务后，她总想尽可能多一点时间和胡杜待在一起，享受他们的婚姻。每个女人，无论阶级、信仰和文化，在内心深处，都隐藏着这样的情愫。但胡杜像宰杀小鸡一样，冷酷地杀死了她的浪漫幻想。

那天晚上，女孩不情愿地踱向少爷的卧室。

胡杜回到仆人宿舍，等待他的妻子。他确信，这天晚上她会带回更多的钱。"感谢真主，我娶了一只会下金蛋的母鸡。"他一边想，一边猜测晚上妻子会带回多少钱。

半小时后，看到女孩站在门口，胡杜从床上跳了起来。

"你去了吗？"女孩这么快就回来了，这让他感到惊讶。女孩没有回答。她的眼睛里充满了悲伤和忧郁。她走路的样子，就像在无尽的沙漠中徘徊。

"少爷给了什么？"胡杜的眼睛盯着她空荡荡的双手。"少爷给了什么？"胡杜重复了一遍，离开床，站在离她更近的地方。

"你为什么不说话？"胡杜的声音再次在房间里回荡。但女孩一片死寂，毫无反应。她看起来非常痛苦，仿佛世界上所有的悲伤都写在她的脸上。

"我在问你事情。"胡杜非常严厉地说。但女孩一声不吭。

胡杜怀疑她把钱藏在了衣服里，对她进行搜身检查，即使把衣服的褶皱都搜遍了，他也没有发现任何钞票。

她的身上没有任何钞票。她今天似乎空无所有，空得就像一瓶不久前被喝光的伏特加。

"你去了吗？"胡杜不相信少爷会让她空手而归，尤其是在他婚礼的前夕。但女孩像个死人一样安静。她看起来就像在沙漠风暴中失去方向的旅行者。

"你为什么不说话？"胡杜一边推搡着女孩的肩膀，一边喊道。在那一刻，女孩盯着他的双眼。女孩的目光像是属于垂死的人。在啜泣声中她开口了："少爷说……"声音哽在她的喉咙里。

"说呀！说呀！少爷说什么了？"胡杜非常好奇地询问。他的双眼再次闪耀出希望的光芒。"少爷说……"她想说点什么，但每次开口的时候，她的声音都被抽泣淹没了。

"少爷说：'你闻起来像一块陈肉。'"她语无伦次，"少爷说：'你闻起来像一块陈肉。'"她非常痛苦地重复着这句话，就像在诉说着人生最大的悲剧。

那天晚上，女孩靠在门上，把脸埋在双臂里，像年轻的寡妇那样哀号。

有益的谈话

易卜拉欣·胡什克

Ibrahim Khushk

从早晨开始，这两个人就一直坐在这里，他们在做什么？

做两个人坐着时做的事情。

他俩坐着的时候，在做什么？

他俩坐着的时候，做那两件事其中的一件。

哪两件事？

他们所做的事情，要么就是都是想隐藏自己，不让对方知道自己的坏心思，要么就是抱怨连连，说第三个人的闲话。

你的意思是他们在抱怨别人或者说别人的闲话？

还会是什么呢！这两个人都很卑鄙。一个卑鄙的人在千里之外都能找到同类。他们甚至不知道他俩是怎么聚到一起的。不在一起的时候，各自又毫无羞耻地说对方的闲话。

既然如此，你和我不应该这样做。

你说什么？

不要彼此说对方闲话。

不应该吗？

这样做不好。

是的，你说得没错。我现在该走了。我快迟到了。

不要这样！再坐一会儿。

坐着做什么？

让我们讨论一些有益的事情。

讨论什么？

为什么在前进的道路上，我们落后于其他国家？我们每个人该做什么，不该做什么？我们大家该做什么，不该做什么？如果你坐下来，我们就谈谈这个问题。

你总是这样无聊。这就是为什么没有人喜欢陪你的原因。

哦，天啊！你先不要讲了！来，听我说！

你要说什么？

算了，你坐一会儿吧。

不再坐了，伙计。太晚了。

听完最后一句话，你就可以离开了。

说吧！

昨天你有没有瞧见去你邻居家做客的那个肤色白皙的女孩？她貌若天仙，也很风骚。

你见过她吗？

是的，我早就认识她。

往那边挪挪，我跟你坐一会儿。

你都已经要走了，为什么现在才要坐下来？

我怎么能够离开，不参与如此有益的谈话呢？

最幸运的人

扎伊通·芭诺

Zaitoon Bano

她嫁入了一个幸福的家庭。她的丈夫有三个兄弟和三个妹妹，公公和婆婆也都健在。她从一开始就被称为"新嫁娘"。即使她现在已是两个孩子的母亲，邻居们也还是喊她"新嫁娘"。

在婆婆的眼里，她是一个给全家带来幸运的新嫁娘。因为自从她嫁过来以后，家里的生意越来越好。全家人都阔气起来，也更受人尊敬了。她那单纯的婆婆认为，媳妇是这个家的幸运星，经常说她"是全家的贵人"。

丈夫和公公的生意一直顺风顺水。不久，丈夫的哥哥赛福尔也要结婚了——这可是新嫁娘来到婆家之后的又一大喜事。婆婆决定，婚礼那天让新嫁娘给大哥戴上新郎的花环——连小姑子噶芙米雅都没抢到这个机会。一来，婆婆觉得新嫁娘没有亲兄弟，想趁这个机会让她体验一下这个仪式；二来，她坚信新嫁娘的手能给人带来好运。噶芙米雅没机会给哥哥戴花环，心里很不高兴。婆婆安抚她说："你不希望哥哥幸福，不希望他成家立业吗？如果你希望的话，就让新嫁娘那双幸运的手为他戴上婚礼花环吧。"

但当赛福尔的婚礼快到来时，新嫁娘与丈夫一起去了马尔丹。有一天，小姑子托人捎来一封信。丈夫回来的时候，脸上笑呵呵的，手里拿着那封信。她看着丈夫手中的信，问他："这是谁的信，信里写了什么？"

"家里寄来的。信里说，'赛福尔和新娘子的婚事定了。直接办婚礼，不举行订婚仪式了，这样就省了一大笔钱。婚礼的日子这几天就定下来'。"

听到这个消息，新嫁娘喜极而泣，"太好了，"她对自己说，"赛福尔不再孤单一人，我们家会越来越幸福。"

她回味着最后一句话，心里更加高兴了。家家户户都在议论她多么地"旺夫""旺全家"。她善良的待人处事的方式，征服了所有人的心。她知道，很快就会迎来赛福尔结婚的大日子，她会亲手给赛福尔戴上花环，亲自操办这场婚礼，因为她是"能带来幸运的人"。这种感觉让她产生了一种奇怪的想法，她总认为自己比别人更优秀。

天有不测风云，有一天，她的丈夫竟溘然辞世。这对她来说犹如晴天霹雳。但过了一段时间，当她的悲痛逐渐抚平，她的优越感再次浮现。甚至她觉得自己经历过了生活的打击，更该为自己感到骄傲。所以她一天比一天高兴。丈夫的弟弟也要结婚了。她坚信自己将会是那个为新郎戴上花环、将新娘从轿子里扶出来的人。

婚礼那天，她和大家一样喜气洋洋，穿上一件隆重的刺绣衣服，戴满了华丽的珠宝。她涂上了红色的唇膏，描上眼线，准备和家里的其他女眷一起去接亲了。可是当所有的女性一个接一个被叫走时，她的婆婆来找她，说："你就待在家里吧，我们很快就回来。"

婆婆的话像闪电一样击中了她。她呆成一尊雕像，像是丢了魂。婆婆临走时又看了她一眼，说："呃，看着点儿，新娘子进家门时，你可千万别出来啊。"

婆婆转身离开，她却立在原地，完全蒙了，像哑巴似的说不出话来。怎么突然间世界就变了样？这变化让她头晕目眩。

傍晚时分，当弟弟的新嫁娘坐着轿子到来时，大家都手舞足蹈，好不热闹。只有她茫然不知所措，就像三年前父亲去世时一样。

当弟弟的新嫁娘走进家门时，她忘了婆婆的话，和小姑子们一起跑了起来、跳了起来。她仿佛看到了自己的丈夫还活着，仿佛是在参加自己的"幸运"的葬礼。

地毯

法鲁克·萨瓦尔

Farooq Sarwar

有一次，我的曾祖父冒着暴风雪骑马从阿富汗的海拉脱市带回一块非常小的地毯。

家里的长辈们说，那天带回这块地毯时，曾祖父非常高兴。他说，我们的穷日子就要到头了，我们家将会兴旺发达，财源滚滚。他们说，他们当时都很惊讶，爷爷今天怎么了？他讲的话那么奇怪，让我们摸不着头脑。他并没有生病。但是，他不会是发高烧了吧？

你们可能会问，这是什么样的地毯？它有多漂亮？它的长度和宽度是多少？重要的是，这块地毯有什么用？是不是铺在客房里的？

这块地毯非常小，非常薄。它是用来装饰客房墙壁的。但不幸的是，这块地毯让我们全家惴惴不安，大家担心有人会损坏它。

虽然地毯非常漂亮，引人注目，但是，仅仅把它挂在墙上并不能体现它特别的品质。我们都开始相信曾祖父的话，这可是一块真的将四面八方的财富和幸福吸引来我们家的珍贵地毯。

但同时，村里的老鼠给我们家带来了大麻烦。它们会突然成群结队地到来，不是几十只，而是几百只，仿佛是要袭击我们的房子。到处都是老鼠。各种各样的老鼠，有小的，也有大的。

我们全家人都纳闷，为什么这些老鼠会光顾我们家？难道我们的房子里有什么吸引它们的东西？这些可恶而愚蠢的东西到底想干什么？

这些老鼠做出了一个奇怪的举动，让我们都感到惊讶。这群小怪物轻而易举地翻越墙壁，把挂在墙上的地毯扯了下来。

它们在柔软的地毯上跳跃着，撒欢作乐。地毯成了它们的游乐场，它们开始迅速变胖，这太令人惊讶了。同时，它们也变得漂亮，个子变大了，也变得强壮了。一股生机注入了它们的身体，它们仿佛是由无生命的东西变成了生命体。

在很大程度上，它们身负窃贼和恶棍的共性。现在，它们的脂肪、敏捷性和力量都突飞猛进，甚至不费吹灰之力就能杀死那些可怕的猫。

相信我，这些小小的恶魔门徒在地毯上龙腾虎跃，它们把地毯弄得很脏，在上面蹭满了泥土。地毯变得僵硬，污秽不堪。它们似乎要把地毯拆碎，彻底毁掉它。

家人开始害怕起来，把地毯收了起来。全家再次陷入贫穷、匮乏的境地。因为这些老鼠，我们三代人过着贫穷、破产、乞讨和困顿的悲惨生活。

令人惊讶的是，后来，这些老鼠逐渐死亡。它们一天比一天瘦，像是得了肺结核，在院子里自发地跳楼身亡。

现在，我们把地毯挂在房间里最高处的一根又长又细的电线上。哦，敬爱的主啊！宽恕我吧！相信我！通过这根电线的电无比强烈！太令人难以置信了！

你的眼睛

赛义德·亚西尔·阿里·沙阿

Syed Yasir Ali Shah

他叫萨哈尔·古尔。但在村子里，人们习惯于叫他萨尔·古尔。人们常说，没有他，阿巴卜·加富尔·汗就无法在街上行走，加富尔·汗的双腿总是跟着萨尔·古尔的双眼走。

萨尔·古尔的双眼长在自己的脸上，但他并不拥有它们。每当照镜子时，他都会看到阿巴卜·加富尔·汗的那双义眼和粗壮的腿。

这天，他又在破镜子里端详自己那双黄眼珠，眼前又浮现了加富尔·汗那双凑到他家门口的闪闪发光的义眼。他感到非常沮丧，把镜子摔得稀巴烂，然后走向"男子之家"[1]。加富尔·汗正在那里

---

1 "男子之家"（hujra）源自阿拉伯语，意思是"房间"。普什图人的"男子之家"主要用于招待家庭中的男性客人，该房间的大小和装饰通常体现出主人的社会地位。但是，有时部落聚居点也会保留社区性质的"男子之家"，相当于社区俱乐部。"男子之家"有时由某个富裕家庭所有，但整个社区都可以共享使用。"男子之家"的历史非常悠久，除了作为举行集体仪式的场所外，社区的男性还会定期去"男子之家"，像大家庭成员那样聊天交际。"男子之家"的成员大多是近亲男性，但也不排斥附近的其他男性。

等他。

"你刚才去哪里了，萨尔·古尔？"

"我在家里休息了一会儿。"

"休息？"加富尔·汗笑了，因为在过去几年里，加富尔·汗几乎没有休息过。他双眼所拥有的能量都转移到了他的腿上。

一般人在走路的时候，是用眼睛观察世界，而加富尔·汗总是用他的大腿感受一切。

萨尔·古尔的双眼一天到晚没有休息，加富尔·汗的双腿也从不停歇。他们配合得无比默契，像一对夫妻。

"我们走吧，汗。"萨尔·古尔抓起加富尔·汗的手，另一只手把棍子递给他。春日的微风让人心旷神怡，树枝簌簌地低语，给周遭增添了更多的浪漫气息。

"春天到了，汗。"萨尔·古尔望着花园说。

"看这些红色和黄色的花朵，它们是多么漂亮。地上的白花像是被人堆起来的一座雪山。"

"哦！要是我能看到就好了。"加富尔·汗用他的棍子碰了碰花丛。

"看啊，汗！一只夜莺飞过来了！看，还有一只，看来它们是一对。"

"哦！太好了！但是，遗憾的是，我看不到它。"

"不要太伤心，汗！我的眼睛就是你的眼睛。"他把加富尔·汗的手放在自己的眼睛上。

加富尔·汗拍了拍萨尔·古尔说："你的眼睛确实是我的眼睛。"

他们从"男子之家"出来，路上车水马龙。萨尔·古尔介绍了每辆车的颜色和价格。

他们走了一会儿，一辆汽车从他们身边迅速地驶过，掀起了加富尔·汗的披肩，给他的瞎眼再增加了一层屏障。

"谁过去了？"

"是法拉兹。"

"谁是法拉兹？"

"汗，法拉兹是卡里姆的儿子，是个大胖子。"

他尽力张开双臂比画，但随即意识到汗看不见他的手。

"哦！他现在是个大人了，他的父亲以前是我们'男子之家'的清扫工。"加富尔·汗那双大大的义眼盯着地面说道。他们继续前行，走近一排崭新的现代房屋，萨尔·古尔介绍了每一栋房子。

每当萨尔·古尔介绍一栋房子时，加富尔·汗就会惊讶地问道："现在他们都富了起来，很现代化了。哎！我看不到这些变化，时间在向奇怪的方向前进，过去这里都是穷人。""汗，不要难过。我的眼睛就是你的眼睛。"汗心满意足地道了声谢，说："你的眼睛确实是我的眼睛。"

他们开始朝着"男子之家"的方向返回。

萨尔·古尔今天很累，想快点到家。回到家时，他的女儿正在睡觉，他不想吵醒她。他发现饭菜都摆在桌子上。他在心里反复念叨"我的眼睛就是你的眼睛"这句话。

那一天，他心神不宁，很长时间都在想着自己的双眼。他觉得自己长了一双假眼睛。他想，为了一天两顿饭，他就把自己的双眼卖给了阿巴卜·加富尔·汗。

睡了几分钟之后，他睁开双眼，看到一个黑影正在向女儿的床上扔石头。他追了过去，但黑影很快躲到墙后。

他认出了这个人。

第二天早晨，抵达"男子之家"时，他一声不吭。通过披肩上独特的气味，加富尔·汗认出了他："怎么了，萨尔·古尔？你忘记跟我打招呼了。"

萨尔·古尔没有说话。沉默良久之后，他用微弱的声音说："我的担心已经成为现实。有人一直想潜入我的房子，并试图靠近我女儿的床铺，昨天晚上我终于认出了那个人。"

"他是谁？我要吊死他！"加富尔·汗愤怒地回应道，人们可以看到他双眼里的怒火。

"是拉希德·汗。"

"什么？拉希德·汗，我的儿子？不，不，他不会这样做，你在撒谎。"

加富尔·汗继续咆哮："你在撒谎！"

"这是事实，我亲眼看到的。"

"你亲眼所见？你的眼睛在哪里？那是我的眼睛。你的眼睛已经卖给我了。"

萨尔·古尔觉得自己瞎了。他的声音越来越小。他没有争辩，只是用微弱的声音说："没错，我的眼睛就是你的眼睛。"

他从"男子之家"走了出来，把他的人格和尊严留在了那里。

大门随之开启

穆尼尔·艾哈迈德·巴迪尼

Munir Ahmad Badini

民政秘书处门口，警卫拦住了安瓦尔的汽车。他探出头来，向警卫询问发生了什么。另外两名警卫也在要求其他车辆停下来，折返回去。安瓦尔听从了面前警卫的劝说，单手打着方向盘，掉转车头往利顿北路驶去。安瓦尔知道警卫为什么要阻止车辆前往民政秘书处，都是因为昨天城里发生的事情。太阳底下无新事——两个部落之间的冲突导致十人死亡，整座美丽的城市被恐怖的阴云笼罩着。没有人知道下一次导致路人伤亡的部落冲突会发生在哪条道路，哪个广场或街区。由于这种恐惧和不安全感，人们在做生意、工作和买东西时都很谨慎。没有人知道为什么部落之间的冲突会如此激烈。政府已经派遣民兵和警察部队来保护附近的居民。随着时间的推移，人们的恐惧越来越强。民政秘书处随之关门。有贴纸的车辆可以进入，没有贴纸的车辆严禁入内。

　　安瓦尔的车没有贴纸。他要获得综合行政服务部签发的贴纸才能进入。面对严格遵守规定的警卫，他无法入内。他既不是秘书处的雇员，也没有进去的事由。但是他以前每天都要去那里，有事没事，他都会去那里。有时候，他去这个部长或秘书的办公室，有时候，去那个部长或秘书的办公室。他也常常坐在部长大楼的前面。有时候，人们看到他和朋友们在那里玩摔跤，或在草坪上消磨时间。那里的所有秘书和部长都认识他。大多数来办事的人，都会让他陪着去拜访部长和秘书，虽然他并不喜欢这种行为。

安瓦尔是谁？未来的部长？未来的议员？还是未来的政治大领袖？他只是个普通人，一个平平凡凡的人。与别人不同的是，他拥有梦想和野心。他渴望名声，也想要过上好生活，还想拥有权力。他知道，能够实现他梦想和野心的地方就是秘书处。这就是为什么他每天都会前往秘书处，用种种方法谋求名声、金钱和权力，思考如何确立事业的发展方向。

他有几家店铺，已经都租出去了，以此维持生活。秘书处的高墙之外，他还在很远的某个地方拥有一小块地产，还有一辆汽车。他来自某个部落，也通过了文法学校的入学考试。他曾经想成为印度电影中的那种英雄人物，但很快意识到这是不可能实现的。后来，他用手中几块贫瘠的土地作为担保，向农业银行贷款，在兵营区为自己建造了一座独栋房屋，并买了一辆车。他的政治生涯起始于 1970 年代民族主义的政治浪潮，他当时想在省议会谋得一席之地，但与以前一样，他的愿望没有实现。他的失败是不可避免的，因为在那样的政治时代，只有部落首领拥有极大的权力。而他尽管有着良好的愿望和高昂的民族激情，却没有任何立足之本，更不用说谋求省议会的席位了。深深的绝望之下，他做出了极端的反应，与朋友们一起宣布再不参与国家政治。他宣称

1970年代的政治是各个部落的利益游戏，最后当上了区委会的主席。这让大家感到惊讶，安瓦尔曾经是积极的游击战参与者，而在中央解散省级最高立法机构，造成该省出现叛乱的情况时，他却担任了区委会主席，这不正是他曾经反对的军事独裁吗？安瓦尔与民政秘书处的关系随之变得越来越密切。起初，他感到内疚，但是，当他环顾四周，发现秘书处的来访者中有那么多受欢迎的人物时，他无法停止自己前往秘书处的脚步。慢慢地，他开始自豪地谈论自己对秘书处的拜访，没有丝毫不自在。这就像一个酒鬼，起初去酒吧的时候，对喝酒的人避之不及，但是喝上瘾了之后，他就把所有人都当成知己。他的心中混杂着民族、宗教和政治情感，以至于无法将它们单独分辨出来。

上述所有的情感在安瓦尔体内都已消亡，但他对名声、金钱和权力的热忱却依然焕发生机。经历过部落和国家政治的失败后，他认为，除了名声、金钱和权力外，其他所有东西对人类都毫无价值。他开始责怪自己耗费这么长时间才认识到人类本质上的自私。只有名声、金钱和权力才是真实的。现在他想让自己的这些愿望在民政秘书处的高墙大院内成为现实。选举即将来临，他要确保在省议会获得一个席位。以前，因为部落首领的强势地位，他无法把握时机，第一次尝试和梦想破灭了。但现在不是1970年代了，而是1990年代。历史迈向了一个全新的时代。

在旧体制下，人们无法想象普通人可以参与政治。但现在，旧体系已经腐朽。意识到这一点后，安瓦尔心情愉悦。近期的部落冲突让安瓦尔感到震惊。

当他行经省长官邸和电报局的路口时，脑海中浮现了如下想法：这个体系是在复活，还是将要消亡？或者有人想让人们继续斗争，从而让这个体系消亡？

"如果局势出现新的变化，我就能在议会秘书处获得一个席位。我将会声名远扬，然后也能在伊斯兰堡建造一座独栋房屋。"途经文法学校后，他开始在兵营区宽阔而寂静的道路上行驶。不被允许进入民政秘书处是一件好事，这样他就有机会在事物的秩序中自我反省。他渴望在纷繁的事态中看清自己，这样的愿望深深地扎根于他的内心，如同渴望成为省议会成员那样强烈。生平第一次，他明白了，乌合之众在集体意识中毁灭自己，有教养的人则更重视自己的个性。这就是落后、无知的人和文明人之间的区别。

多年来，名声、金钱和权力在他的心头萦绕，但是，他在后来才意识到这一点。他曾为自己盲目追随部落首领的步伐而感到羞愧，而现在他已经成为个人主义的拥趸。对他来说，除了他自己，什么都不存在。他在兵营区的希尔坦市场买了香烟，然后兴致勃勃地重新开车掉头回去。今天他想一直这样开下去。

看着后视镜中的自己，他开始为自己的个人主义而微笑。"我成了个人主义者又有什么区别呢？互相对峙的部落也是被某种精神所鼓动。也许他们也想活在某种精神中，在某种程度上，他们也是为自己着想。他们并不是为我而战。不安全感让我成为个人主义者，而不安全感使得他们发动战争。当他们觉得自己不安全的时候，就想毁掉其他的势力。我也想消除前进途中的障碍，获得安全感和确定性。所有人都生活在某种精神中，那么我为什么要大声嚷嚷，劝说他们：'兄弟们啊，不要互相争斗，这其实是你们自己的损失！兄弟们，大家一起来吧；兄弟们，这样做吧！那样做吧！'

我有什么资格劝说他人呢？这个世界会一直这样下去。大家按照各自的原则度过每一天。让大家都各行其是吧，因为这样做，他们觉得很快乐。无论如何，世界将继续下去。即便给出什么建议，也不过是自我精神的满足。"

他再一次接近了民政秘书处的大门，就好像被一块磁铁吸了过去。当他开车抵达门口的时候，警卫开了门，仿佛一点戒备都没有，没有任何怀疑。他极其平静地驶了进去，眼前浮现了这样的场景：一扇大门在他面前打开。然后，一扇接一扇，许多扇门都打开了。他不断穿过这些门。"自古以来，这些门都是这样开启的，部落之间的冲突在这里并不重要。"他一边微笑一边想，把车开到了民政秘书处大楼内的停车场。

变形记

加尼·帕瓦兹

Ghani Parwaz

所有人都对他的这种结局感到震惊，而这一意外结局的原因，更是令人惊恐——是他哥哥的阴谋吗？还是他自己的所作所为导致的报应？

艾尔伯特和萨什卡是同父异母的兄弟。他们的父亲是普里。艾尔伯特的母亲是博洛尼亚，萨什卡的母亲是珍妮。艾尔伯特是哥哥，萨什卡是弟弟。艾尔伯特长得只能说是不难看，而萨什卡非常英俊。艾尔伯特惯于用右手，而萨什卡是个左撇子。他们长大成人之后就离开了父母，成家立业。孩子的离开让他们的父母都很悲伤，但是看到他们日子过得很好，他们的父母也很欣慰。后来，他们都去异国谋生，艾尔伯特去了西方，萨什卡去了东方。过了很久之后，他们终于回来了。没有人能够猜出他们是如何挣钱，在外面是如何过日子的。但有一点是显而易见的——他们都很富有，也很强壮。他们的面庞看起来也很不一样：艾尔伯特看起来像一头大象，而萨什卡则像一匹马。

艾尔伯特把钱用来开设工厂，并通过投资让财富成倍增长；而萨什卡则通过建造房屋，收取租金赚钱。慢慢地，他们越来越富有，比所有人都有钱。但他们之间的竞争也是与日俱增。他们用各种手段相互竞争。一些邻居站在艾尔伯特一边，其他邻居站在萨什卡一边。有些人学艾尔伯特开设工厂，另一些人学萨什卡建造房屋。

当确立了各自的商业地盘后，艾尔伯特和萨什卡都组建了军队来保护自己。他们随时派遣各自的军队为自己的生意保驾护航，并破坏对方和对方盟友的生意。于是他们之间产生了无数次斗争，有时甚至旷日持久。有时候，艾尔伯特赢，萨什卡输；有时候，萨什卡赢，艾尔伯特输。但是，有一次，可能是因为怀疑朋友们的忠诚度，萨什卡派遣了军队与自己的朋友作战，一打就是好几天。随后不久的某天早晨，当他起床的时候，他不再像一匹马了。现在，他看起来像一头熊。再过了一些日子，有天晚上地震了，萨什卡的所有房屋都沦为一片废墟，他变成了乞丐。但是，艾尔伯特的工厂却毫发无损。

萨什卡孑然一身，满腹忧愁。连续几天，他在不同的地方不断地尝试运气，但是最终他不得不投奔艾尔伯特，匍匐在他的脚下。

"我尊敬的兄长啊！过去我犯了很多错，无数次伤害你。我要洗心革面，不会再伤害你。请你给我一次机会，原谅我吧。"

艾尔伯特用双手捧起他的脸，把他的头抬起来。萨什卡抬起头，看着他噙满泪水的双眼，艾尔伯特用双手擦拭他的眼泪，礼貌地说："不要担心，站起来，坐在椅子上，"艾尔伯特略作沉思，"如果你同意归顺于我，我就原谅你所有鲁莽的过失。"

萨什卡起身坐在椅子上。他谦卑地说:"我保证,从今往后,我将臣服于你。我将永远服从你的命令。"

他沉默了一会儿,接着用充满爱意的眼神看着艾尔伯特说:"但你必须怜悯我。我已经破产了。我祈求你慈悲地对我进行援助。我希望你借钱给我,帮助我在事业上东山再起。"祈求完毕,萨什卡觉得艾尔伯特变得更加强壮和英俊,而艾尔伯特也觉得萨什卡的身体变得虚弱,外表变得丑陋。

获得艾尔伯特的宽恕后,萨什卡向他告别,回到自己的家。他躺在床上,怎么也睡不着,左思右想了几个小时,最后,他终于入睡了。在那天剩下的时间里,他一直在睡觉,晚上还是继续睡觉,第二天中午才醒了过来。他睁开双眼,发现自己不再是以前那个强壮的男人。相反,他的身体萎缩得十分厉害,他几乎看不到自己。他想站起来照照镜子,但无法像以前那样行走,也找不到镜子。正在不断努力之时,他从床上跌落下来,掉在床边的桌子上。他跌进了桌上的水杯,杯子里只剩下几滴水。

在那里,他看到了自己在玻璃杯上的倒影,这让他感到非常震惊,因为他变成了一只虫子。

地狱苏醒

穆罕默德·哈菲兹·汗

Muhammad Hafeez Khan

即将开展全国大选的消息一经宣布，整个拉苏尔普尔就醒了过来。十一年后的今天，又出现相同的场面——张灯结彩、流言蜚语、社交派对、唇枪舌剑、冷嘲热讽、运筹帷幄、阴谋诡计、拉拢结党。一直以来，从国民议会选举中获胜的只有一个家族，永远都是马利克家族。自从巴基斯坦成立后就是马利克·哈基姆·阿里执政，他死后，他的儿子马利克·贾比尔·阿里成了当地首屈一指的人物。

如今，马利克家族再想获胜不像以前那样轻松了。这场争斗有时候容易，有时候又很困难。但是，实际上，没有人能够战胜马利克家族。他们拥有执政党的地位、中央有权势者的奉承、治安法院的支持，还与流氓沆瀣一气，加上各种诱惑、金钱和操纵，谁能打败这样的人呢？

许多年过去了，政府换了，统治者也换了。有时执政的是白人，有时是黑人，有时是棕色人……一切都瞬息万变。但是，这一切既没有中断马利克家族的权力，也没有改变拉苏尔普尔人的命运。在这期间，许多大大小小的家族在教育和财富领域崭露头角……但打败马利克家族的梦想始终只是个梦想。情况往往是，部长和顾问们只是心满意足地坐在插满旗帜的汽车里，所有的利益都被精明的马利克家族拿走了。马利克家族在各种许可、地皮、贷款和执照方面都占了好处，但是，所有的骂名都由部长们背锅。工作、签证也被马利克家族攥在口袋里，但严酷、拖延、指责、掠夺，这些骂名都要部长们来承担……马利克·贾比尔在议会开会时的哀号却是最多的。他说任何工作都得不到批准，拉苏尔普尔正在走向毁灭。

"我怎么敢前往拉苏尔普尔，我怎么能为下一次选举拉票？如果我们无法获得部长职位，没有获得所需的项目，加入这个党有什么用？"上级领导点点头就可以解决了。

"你们这些人真是太可悲了，你们要如何管理这个党？你们想要干什么？请政府给马利克先生……"

给他更多的优惠，更多的补助……

更多的地皮、许可证和贷款……

境外旅游……工作和合同……

但是，所花费的这一切都看不到任何效果……拉苏尔普尔依然是那样贫困，依然是一片黑暗。

即使有学校，也没有老师。

道路徒有其名，没有任何路标。

修建医院的资金到位了，但报纸上看不到动工的消息。

如果真的有什么东西存在，那也只是疾病、饥饿、失业和愚昧。重点都被放在修建清真寺上。不管有没有礼拜者，每个街区、每条街道都有自己的清真寺，里面都有阿訇和大喇叭。一个街区又分许多教派，每天都有辩论、喧闹、醉酒，种种极端的恶行……

现在，人们不再甘心屈服于他们了！

大喇叭播放着"你是个异教徒……你是个异教徒"。

如果所有人都成了异教徒，那么剩下的好人就只有马利克·贾比尔·阿里了。而他正坐在城中的豪宅里，书写着拉苏尔普尔人民的命运。

他的手在书写……信函被寄出……

而在拉苏尔普尔，大喇叭又在咆哮：

"你是个异教徒……你是个异教徒。"

人们只好转过身，把之前的种种希望抛在脑后……

还是只有饥饿、疾病、失业……

马利克·贾比尔选举时的承诺——道路、学校、医院——无一实现。

下一次选举，还是一样的承诺……

而在这期间，"你是个异教徒……你是个异教徒"的游戏不断继续。

随着政客们花样百出的政治操弄，议会一次次被解散。人们每次都拥挤在街道和集市，听着新的口号，看着新的伪装……过去的坏蛋成了今天的圣贤，过去的圣贤在今天变成了坏蛋……跪拜在地的还是相同的人，天房[1]的方向却发生了变化。那些感受到风向变

1　天房，即基卜拉（qibla），是穆斯林在礼拜期间进行祷告时所需要朝向的方向，按照规定为麦加的卡巴天房所在之方位。穆斯林对于朝拜方向如何定位众说纷纭，一直没有止息。

化的人，跳起来赶快转变朝向。但是，眼看着船在不断沉没，还有几只老鼠坚持站在船尾，它们并没有受到惊吓，还想在已经离开的人身上找出一些过失，在新王朝谱写新的曲目，这样它们才能幸免于难，无论获得什么都能苟延残喘。

政客们开始在国外奔走，就像巢穴被洒满开水时四散逃走的昆虫一样。

马利克·贾比尔·阿里就是这些昆虫中的一员。

早在被列入出境管制名单之前，他就头也不回地逃离了这个国家。现在，为了掩盖此事，给高层交出有所作为的工作报告，政府官员不得不对此采取"全面行动"。

突击检查在各地进行，最后他们逮捕了孟希、马拉西、纳伊、朱比、库塔纳、哈尔瓦伊、卡哈伊、拉雷、古鲁尔、加希（徒劳的赘述）……但这些都没什么意义。马利克逃亡时带走了所有的东西，他们基本再也找不出什么了。最后，两名士兵被派去守卫马利克府邸的前门。马利克的房子被查封，他的仆人们受到了羞辱。

起初，当地市民懵然不知所措。

不可能，这怎么可能……

就好像太阳从东方升起，居然又从东方落山。

马利克家族的势力被终结了吗？

马利克家族带来的恐怖真的能一去不复返吗？

人们心中充满了这些赤裸裸的问题，但是找不到任何答案的斗篷来盖住它们。直到不久前，拉苏尔普尔人才开始小心翼翼地呼吸。恐惧仍然存在，但人们慢慢意识到，现在拉苏尔普尔依然存在，但这个国家已经没有了马利克·贾比尔……

从大喇叭里不断传出的"你是个异教徒……你是个异教徒"的咆哮声终于结束了。人们一度纳闷，到底谁是他们中间的异教徒？这些人又为什么会成为异教徒？

只要马利克·贾比尔出现在任何问题的背景之中，"谁"和"为什么"的问题就会自动浮现出来。

如果不信教的人离开了，那么，由无信仰之人无中生有创造的恐怖氛围也会消失。

人们不再需要小声谈论他们的怀疑，所有被压抑的感情和需求都被唤醒。仿佛是一个饿着肚子的人终于出来，眼前打开了一扇门，让他发现，他不是唯一一个饱受饥饿、病痛和贫穷折磨的人，整个拉苏尔普尔都是饥饿、生病和缺乏基本生活设施的人……他们看不到尽头在哪里，只能赤着脚走在覆满石子的道路上，饥渴难耐。

他们醒悟过来时，也只能毫无意义地前进，没有确定的目的地，就像那些从笼子里放出来的小鸡一样，不再回头，在确信获得自由之后，喂食处似乎是他们唯一的目的地。

当马利克·贾比尔从人们的视线中消失后，许多平庸的领导人现身了。但他们中的大多数人不是被打成残疾，就是掉了脑袋。他们一度吸引了一些人，但是这些人没有什么抱负，甚至无法排好队列。

随着时间的推移，人们开始观察到，也意识到这些情况。人们逐渐知道，最终上位的都是同样的人，他们能熟练地实现自己的目的，但在经济上，他们无人相助，捉襟见肘。他们善于保持表面的良好形象，但完全没有领导人所需的善良和创造力。因此，人们各尽其能，各种团体就开始按照他们能够承受的责任现身，但统一的领导仍然只是一个梦想，这些团体就像海面上星星点点的船只，四处游荡……不要说面对漩涡的困境了，就是顺着水流的方向，他们也无法前进。

另一方面，国内政治气氛变化的迹象也开始逐渐消失。似乎连底层的人民都摇着尾巴坐在那里，希望在政府管理松动时，他们能有所收获。随着竞选活动的升温，监狱里的大人物们从沉睡中醒来，想通过行贿把自己弄出去，期望着一旦自己恢复政治生命，就又可以把失去的东西加倍捞回来。

马利克·贾比尔·阿里，一个以流亡者自称的人，再次坐下来，耳朵里接着电话听筒，让他在国内的支持者开始行动起来，为了确保他能在被捕后也得到宽大的对待。即使他们一回国就会被逮捕，也一定要在选举之前获得"无罪释放"。但是，即使是这种交易也不容易。讨价还价一直在进行……

马利克·贾比尔·阿里也逃不过恢恢天网。逮捕是在机场进行的，大人物落难也还是这么壮观。顺便说一句，马利克可能永远都是拉苏尔普尔的领导者，伴随逮捕的是大型招待会、情绪化的口号和音乐表演。他证明了，即使他没有达到国家领导人的级别，他至少拥有一个省级领导人的人气。

拉苏尔普尔的颜色又开始变得丑陋。

那些小领导的阵营还没搭建好，就变得无人在意了。马利克·贾比尔·阿里的豪宅还没开始装修，公众就情绪激昂起来。他的豪宅里涌入了很多人，一些脑子灵活的人赶紧在他手下找到了合适的位置。

其他人因为恐惧而怯懦，他因为欲望变得贪婪……豪宅里的宴席消耗了无数香料、黄米饭、抓饭，撒得到处都是。"马利克万岁"的口号再一次响起。

在被捕刚满三十五天的时候，马利克被批准保释。对他的所有指控都没有确凿的证据，他连一丝小小的罪行都没有，更不要说盗窃和挪用公款了。人们不知道他是如何瞒天过海的，恶变成了善，黑变成了白。现在，他撒了一张新网，使用了新的套路和伪装……

马利克胸前戴上了荣誉证书，良好的声誉仿佛插上双翅在空中飞翔，只要他坐在城里的豪宅里，拉苏尔普尔就能闪耀起来，就会拥有更多的光明。两天后，马利克作为国民议会的候选人，就要申报他的提名书了，这样，五年后回到拉苏尔普尔的马利克将会让人们的心融化，过上从前的日子。

这两天很快就过去了。

拉苏尔普尔的大街小巷都被五颜六色的旗帜、帷幕、临时拱门和一串串闪亮的小灯装饰着，准备迎接马利克的上任。光是为了制作旗帜，就耗费了几千米的布匹。人们穿行在这座城市里，几乎看不到天空，仿佛置身于五颜六色的云彩和光影之中。

海报上的马利克·贾比尔那毛茸茸的胡子将恐惧散播到家家户户……他用愤怒的双眼窥视着每一个角落，让观看者几乎无法呼吸。这是一种奇怪的热闹场面，却又伴随着惊悚和恐惧……好像是有人在举行婚礼，不过是吃人巨魔的婚礼。

当太阳升起时，迎接马利克的游行队伍也从第一个转弯处进入拉苏尔普尔。人特别多，像汹涌的洪水，冲击着大坝，人山人海，摩肩接踵，口号震天响。

"马利克是我们的雄狮，其余都是陪衬的月光。"

"伟人万岁！"

"马利克是福星……你荣耀了你的家人。"

"儿童、老人和年轻人……都可以为你牺牲。"

"马利克是我们的雄狮，马利克是我们的雄狮。"

而马利克·贾比尔·阿里一脸威严，站在吉普车的车顶从窗口探出身，挥着手，像一条兴奋而又激动的猎犬。

咚，咚咚……咚咚咚……

人们沉醉在朱马尔舞蹈中，用脚后跟用力地踩着大地，周围的尘土被扬上天，甚至能将成年人笼罩起来。

当鼻子被灰尘填满的时候，第一排的舞者咳嗽了起来，但是鼓声依然无比响亮……

咚，咚咚……咚咚咚……

这时候，一个一丝不挂、面目黧黑的疯癫修士加入了前排的舞者之中。天知道他是从哪个角落走出来的。

咚，咚咚……咚咚咚……

当尘土稍稍散去的时候，人们的目光落在了赤身裸体的修士身上。人们开始叫嚷，咯咯地笑起来。

有人轻轻地拍着手，有人扔出了鞋子，有人在抓头发，有人在挠脸，有人轻蔑地大笑，还有一些人则开心地看着修士展示他的裸体。

修士神志不清，他跑到一边，寻找人群的出口。一些男孩子从地上捡到什么就拿起什么，开始打他。他赶紧爬上一根旗杆逃命。

当看到马利克·贾比尔的旗帜时，他一下子扯下了旗帜，然后跳了下来，用旗帜把自己裹得严严实实的，就像裹住了一条缠腰布。他再次被暴徒抓住了。

"他怎么敢将印有马利克先生照片的布当成缠腰布……抓住他，抓住他……打他，打他……"

接下来，老老少少开始对他进行狂殴，把他打得血流不止。当鲜血快要流到他裹住下体的旗帜时，三四个孔武有力的人强行将旗帜扯走，高举双手将它展开，人们又沉醉在朱马尔舞蹈之中……

咚，咚咚……咚咚咚……

那个疯癫的修士不知道去哪里了，也不知道他是生还是死……

人群中又响起了呼喊：

"儿童、老人和年轻人……都可以为你牺牲。"

游行的队伍还没有抵达法院，就在古尔布尔镇的转弯处，三十五个高大的蒙面青年突然出现了，他们手里都拿着突击步枪。人们还没明白是怎么回事，他们就开始向游行队伍胡乱扫射。

顷刻间，在阵阵鼓点声中，这群追随马利克的疯癫舞者就倒在地上，在自己的血泊中痛苦挣扎。当前列横尸满地的时候，游行队伍的末端又出现了踩踏事件。倒下的人再也爬不起来，他们被其他人践踏在脚下。

马利克的左右两边有五六个枪手负责安全保卫，但是面对枪火，他们都四散逃命。马利克·贾比尔·阿里万万没有想到，在拉苏尔普尔会发生这样的事情。他原以为，这片土地上的飞禽走兽和人民都与他同呼吸共命运。

马利克的确是忘记了……

在实施《恐惧和恐怖法典》时，他真的忘记了计算恐惧的法则只有两条，而不是四条。

只有加法和乘法，没有除法也没有减法。

而现在，马利克的恐惧加倍了，在他面前不断累加和相乘，就像牛顿第三定律……

顷刻间，道路变得冷冷清清，只剩下马利克一个人。他站在吉普车的车顶，像一座雕像，静静地站着，眼睛死死盯着前方，脸色像裹尸布一样白。

嗒嗒嗒（机枪的声音）……

在电闪雷鸣的火光之中，马利克的身体从头到脚都被撕裂了。他像破碎的挡风玻璃一样，软塌塌地垮在吉普车中间的座位上。

两个青年人走上前去——他们即将开启拉苏尔普尔的全新历史——打开吉普车的车门，把奄奄一息的马利克·贾比尔拖下车，对着他那扭曲的身体射光了所有子弹。过了一会儿，从马利克身体里流出来的鲜血就以新的方式流向了大地。随着血液的不断流淌，他的身体也失去了生命力。在确信马利克已经死亡后，那两个蒙面青年就消失了。

目光所及，街上已经没有任何生命的气息。在这之前不久，生命还带着它的狂热、欢乐和傲慢，用它的鞋跟践踏着大地。就在同一片土地上，仅仅几个小时后，同样的生命以鲜血的形式，融进了尘埃。

过了很长时间，那个疯癫的修士又从旁边的街道闪现出来。

"马利克是我们的雄狮……马利克是我们的雄狮。"

当目光落到街道上血泊中的尸体上，他发现自己独自站在这一片荒芜中，突然用双手捂住了自己的脸。

沉默了一会儿，他透过手指的缝隙，惊恐地向前走了一步。他一边前进，一边查看每一具尸体，仿佛在寻找什么人。

突然，他停下了脚步……

马利克·贾比尔的尸体就躺在那里……

千疮百孔，衣服也被撕成了碎片。苍蝇在他半裸身体的每个枪眼旁嗡嗡作响，就像蜜蜂围聚着蜂巢。

这个疯癫的修士转身离开了……

他向前走了两步，然后跳起来，爬上了一根旗杆。

旗杆上挂着马利克的照片，脸上长着毛茸茸的胡须。他猛地扯下那面旗帜，跳了下来，然后，踩在地面上，又回到马利克的尸体前。

"嘘！嘘……"

他双手用力地驱赶着苍蝇。

趴在尸体上的苍蝇并没有飞走，疯癫修士双眼噙满泪水，将手中印有马利克大照片的旗帜盖在马利克·贾比尔·阿里半裸的尸体上，他尽量将旗帜盖住马利克·贾比尔·阿里的尸体，然后合上他的双眼。

现在，我不喝水

穆萨特·克兰奇维

Mussart Klanchvi

"全场静音……摄像机准备……开始！"导演喊道。

"我不喝这水……里面有虫子。"模特鲁比看着可乐瓶，哭了起来。她干呕着，跑出摄影棚，想要出去透透气。

"该死……我们还要怎么拍下去？她这样做太蠢了，这个广告必须减少她的戏份。"导演再次愤怒地喊道。

鲁比手忙脚乱地开着车回到家里。

"玛茜！给我倒杯水。"她瘫倒在沙发上。

女仆赶紧从冰箱里拿出一瓶水，将它倒进一个晶莹剔透的杯子里。

"玛茜！里面没有虫子吧？"她问，偷偷瞄了瞄杯子里的水。

"哎呀，孩子……我当初就告诉过你，不要去沙漠拍那个广告……恶灵爱上了你这漂亮的脸蛋。"

"玛茜！他们没有爱上我，是我爱上了他们。"鲁比用红红的双眼盯着女仆说。

女仆的嘴唇开始嚅动，她在默默地念诵经文。鲁比上楼去了。

她的心中不断回想：为什么苍穹不再辽阔？为什么天空不再湛蓝？群星变得多么黯淡！月亮苍白得像是生了病……夜鸟消逝在何方？气氛为什么如此令人喘不过气？我在哪里？我从哪里来？我为什么要来这里？我的灵魂在哪里？我的灵魂将归于何方？我的灵魂已经穿越回到几个世纪之前——我孑然一身，默默地在沙漠行进，月光在绵延数里的沙漠上舞动，一只孤独的飞鸟掠过沙丘。我看到自己的灵魂离开身体，和鸟儿一起飞翔。鸟儿带着我，飞过许多未知的道路。在茫茫沙丘中有一间小屋，里面住着一家人。母亲转动着纺车，缝补着满是补丁的被子。媳妇从乳浆中萃取黄油。孩子和一只羊羔在戏耍，父亲牵着几头骆驼去吃草料。他们的面容都很恬静。

鲁比觉得这家人就是自己的祖先。小屋、打满补丁的被子、陶罐——所有这些都是她继承的遗产。这是她遗失的美丽世界。冒着月下的夜雾，她不知道自己穿行了多久，穿越了多少个时代。

太阳升起了。一夜过去，她和团队一起跋涉归来。导演让吉普车停在一个池塘边，池塘里积满了雨水，一群穿着蓝色或黄色褶裙的妇女正在从池塘里打水。导演在那里开始拍摄。鲁比走下车，停在池塘边，凝视着水面。她看到池塘里有青蛙在游泳。

"你们打这些水做什么？"鲁比问其中一位妇女，"水里有青蛙。"

"还有水蛭和其他虫子。"那位妇女笑着回答。

"你们会喝这种水，真的吗？"

"是的。难道要渴死不成？"

鲁比觉得她在月下夜雾中穿行的灵魂落入了这个池塘，水中的许多虫子包裹着她的身体，把她淹没在泥泞深处。她回到了吉普车上。其他人也回来了。在旅馆里,人们喝着水晶般透亮的矿泉水,但鲁比只是吸吮着她干燥的嘴唇。

"喝点水吧。"导演说。

"我再也不会喝水了。"她强忍着泪水说。之后的某一天,她在马场公园五颜六色的喷泉前慢跑,想要减轻身体、精神和灵魂的负担。因为她的模特生涯已彻底失败。

人、火、风和水

阿卜杜勒·巴西特·巴蒂

Abdul Basit Bhatti

俗话说："七月好，八月糟。"昨天是雨季八月的第二十六天，天气在继续恶化。这些日子里，后半夜变得有点冷，而下午则是潮湿的。起风的时候，天气会让人感受到片刻的舒适。否则，潮湿的天气会让呼吸尤其吃力。今天凌晨的时候停电了，房间里的气压令人窒息。我的孙女兴奋地说："起床了，阿布巴巴！我们去外面的枣树下坐坐吧。"她叫我"阿布巴巴"，叫她父亲"巴巴贾尼"。我和她坐在枣树下浓密的树荫里。八月很有趣。无论七月有没有下雨，到了八月，树木都会长出新芽。而如果七月下了雨，八月的地面就会被绿色的植物覆盖。现在，已经到处都是杂草和绿植了。

我的吊床后面有一个鸟棚，我的小儿子在那里养了几对情侣鹦鹉。它们整天都在叫个不停。太阳刚刚升起，它们就吹起了口哨，这让我们的早晨别有风味。我们的院子很宽敞，到处都是树，这是真主对我们的恩赐。天刚破晓，鸟儿、乌鸦和松鼠都会在我们的院子里自由自在地游荡，我的儿子也会给它们喂食。这时候，外面的鸟儿在叽叽喳喳地叫，里面的鹦鹉也会和它们应和。聆听它们的叫声让人心旷神怡。

现在正是繁殖的季节，雄鸟们互相争斗。虽然每只雄鹦鹉都有固定的配偶，但如果有雄鹦鹉与某只雌鹦鹉交配，其他鹦鹉就会啄它，强迫它飞走。这样的打斗持续了整整一天。我和孙女两人都在观察这些鹦鹉。虽然这些情侣鹦鹉属于同一个品种，但是它们各自都有不同的颜色和独特的花纹。鸟棚里五颜六色。突然，起风了，空气也没有那么潮湿了。

我的孙女说："感恩真主！我现在心情舒畅。阿布巴巴！凉风习习。巴巴！起风是多么幸福的事情啊！愿真主把我变成风！"

我亲吻着孙女的额头说："宝贝儿！人是由火、风和水组成的。"听到我的回答后，她感到很惊讶。我接着说："宝贝！只要你愿意，变成风，你就能飞；变成云，你就能降雨。"

她认真地听着我讲话。

我记得有一次，我们全家都去了德拉沃尔城堡。我们开着一辆吉普车，从德拉沃尔出发，开出去很远。德拉沃尔周围是一大片广袤的沙漠，不过比起从前，沙漠的范围已经缩小了很多。过去几年里，德拉沃尔城堡里荒芜的土地开始有人居住。最近，还新建了一个休息所。人们还在德拉沃尔城堡里铺设了一条纯净水渠。不过这些都仅限于德拉沃尔城堡内部。在城堡之外，大部分地区仍然是一片荒芜。我们开车行驶了几个小时之后，一个巨大的蓄水池出现在我们的视野中。蓄水池边有许多空荡荡的泥土房，不过没有任何人类居住的痕迹。

蓄水池也干涸了。我的孙女惆怅地问："阿布巴巴！为什么蓄水池这么干？为什么这些房子都是空的？里面的居民都去哪里了？”

我回答说："宝贝儿！如果老天一直不下雨，人们就会离开这个地方，迁居到附近的运河地区，去那里找水。”

她接着问："为什么这些人不用抽水机抽水呢？”

我进一步给她解释说："宝贝儿！这里的水有非常苦的味道，如同毒药。如果人类和飞禽走兽喝了这些水，可能会立即死亡。”

"这是真的吗？”

"没错，宝贝儿。”

她好奇地问："那么，罗希拉人[1]住在这里吗？巴巴，这里的水不干净呀，不能喝，炎热的天气根本不适合居住，房子也是用芦苇和泥巴做的。”

而现在，与我一起坐在树荫下的她像是想起了什么，突然说道："阿布巴巴！今天很热，动物们会很焦虑，蓄水池里没有水，罗希拉人也会担心。巴巴！告诉我，有没有办法让我变成风，变成云，可以降雨。巴巴！有办法让我去到沙漠，变成沙漠上空的云吗？”

我搂着她说："宝贝儿！闭上你的双眼，我们出发吧。”

孙女搂着我，闭上了眼睛。只有我和孙女知道，我们正在不断往高处飞，将德拉沃尔城堡远远抛在身后。接着，我们看到了蓄水池，里面还有一点点水。泥土房外有许多罗希拉人。一群波利羊[2]、五头牛和许多骆驼在蓄水池的旁边吃草。

看到蓄水池的水很少，我的孙女关心地说："巴巴，蓄水池里已经没什么水了。我担心罗希拉人会再次陷入困境。让我们竭尽所

1　罗希拉人（Rohilay），阿富汗的一个部落。——原文注
2　波利羊（Boli sheep），德拉沃尔地区特有的绵羊品种。——原文注

能给他们降雨吧。"

突然，云层之间电闪雷鸣，下起了大雨。蓄水池的水多得都漫出来了。动物们很高兴。罗希拉人也从泥土房里走出来，享受雨水的滋润。他们开始心怀感恩地祷告。看到一切生灵都在欢庆雨水的降落，我的孙女非常高兴。

"巴巴，我要让这个蓄水池永不干涸。我们要让这块荒芜的土地永远都有居民。每年夏天，我都会带着隆隆的雷声让这里普降甘露。"

她久久地依偎在我的胸口。我们继续在沙漠上方飞行。我的孙女说："巴巴！我们回去吧。"

于是我们返回了。她睁开双眼，走出我的怀抱。那些鹦鹉仍在打架。

所有发生的这一切，只有我和孙女知道。我对她说：

"宝贝儿！不要将这件事告诉任何人。否则，蓄水池就会干涸，动物们也会死去，罗希拉人也会灭亡。"

她答应了我，随后高兴地在院子里玩耍，非常开心。

她的祖母和姑姑问她：

"蒙真主之福，有什么新鲜事吗？你今天很高兴。"

她对她们的问话置之不理，没有回答她们的问题。

运河守夜人

哈比卜·莫哈纳

Habib Mohana

这是一个生机勃勃的夜晚，群星闪耀，豺狼的嚎叫和青蛙的呱呱声此起彼伏，偶尔还能听到远处猫头鹰咕咕的叫声。运河总闸的守夜人梅瓦汗正躺在他的小土房附近的绳床上。因为瞌睡，他的双眼沉重得睁不开。但是蚊子太多，他根本睡不着。

梅瓦汗值班的地方有五个锻铁栅门，它们将这条灌溉主运河分成五条支渠。五条瀑布哗哗作响，如同贾特朗组曲。梅瓦汗喜欢这支流水演奏出的音乐。夜晚的时候，他常常在流水奏鸣曲的陪伴下入睡。周六晚上，他回到邱普基村的家中。有一段时间，如果没有瀑布声的陪伴，他甚至都无法入睡。

没有月色的夜晚，时间过得很慢，如同蜗牛。瀑布奏响的乐曲让躺在绳床上的梅瓦汗快要进入梦乡。突然间，流畅的音乐声发生了一些变化，接着，这种变化变得更加明显了。流水节奏的变化使梅瓦汗感到不安。他自言自语道："我应该去检查一下，看看有没有什么东西挡住了流水的去路。"但是他实在太困了，于是蜷缩着身体，让思绪飘向他的女朋友。她最近刚刚送给梅瓦汗一块绣花手帕。过了一会儿，梅瓦汗处于似睡非睡的恍惚之中，他仿佛正在芒果林的上方飞翔，俯视着郁郁葱葱的麦田在下面起伏，然后又进入熙熙攘攘的城市，到处是商家和顾客。然而，水流奏响的曲调又出现了新的变化。梅瓦汗就像一个突然被打开口子的气球，忽地弹射到空中，他在空中吱吱地转圈，然后在无力的嘶嘶声中翻滚到地面。他醒过来了。

青蛙的呱呱声和蟋蟀的喔喔声弥漫在夜色中，有一条瀑布在呻吟着，仿佛一个巨人在大口大口地呕吐。守夜人拿起他老旧的手电筒，向栅门照射。开始的时候，因为太困倦了，他没有发现任何东西。随后，他发现了一根木头样的东西堵在第二道栅门上，挡住了水的出路。站在主运河的斜坡上，他用长竹竿捅了捅那个东西，想让水流顺利通过。但是，他感觉到那是一堆肉和骨头。他走得更近些，将灯光照上去，想看得更清楚。结果，他发出惊恐的尖叫，在手电筒的照射下，他看到了一具尸体。在流水的冲洗下，尸体上的衣服已经剥落。

他回到住处，从绳床上取下一根绳子，手里拿着绳子，用嘴巴咬着手电筒，爬到靠近尸体的墙墩上。他把绳子的一端系住尸体的肩膀和背部，气喘吁吁地把它拖出水面。缓了一口气后，他把尸体搬到绳床上，用头巾布盖住。他蹲在绳床附近，尽管很困倦，但他根本睡不着。

当一辆吱吱嘎嘎的警车扬起尘土，停在梅瓦汗的土房子附近时，已经是清晨了。经过一番询问，几个警察将梅瓦汗和尸体捆进面包车里，开上尘土飞扬、弯弯曲曲的道路往回行驶。

回到破旧的警察局后，那些警察把他倒挂在审讯室的木梁上。

首先，他们烧掉了梅瓦汗的腋毛和修剪整齐的浓黑胡须。梅瓦汗可是远近闻名的美髯公。接着，他们对梅瓦汗轮番进行残酷的折磨，直到他因疼痛和困倦昏死过去。

死者是当地一个地主的弟弟。四个月后，梅瓦汗被证明确实没有参与谋杀，从米安瓦利监狱获释了。在接下来的一个星期里，他坐在家里，亲人和朋友络绎不绝地前来拜访他，安慰他，然后为获释的梅瓦汗举办了几天几夜的宴席。

一月初的某天上午，他回到工作地点报到。一些油漆工正在忙碌着，因为运河正处于清淤期，河道里没有水，他们趁这时给总闸的栅门刷漆。两天后，清淤工人带着机械来了，他们在运河岸边留下一堆堆淤泥、石头和砖块。

一个星期过去了，某天下午，主管部门重新放水到主运河。倚靠在运河总闸的栏杆上，梅瓦汗看着喷涌而出的水流冲向新刷的栅门。喷涌而出的水柱带出了无数的枯枝败叶，以及各式各样的塑料瓶。水流淌过，掀起一股久旱初雨的泥水特有的馨香。接着，水面开始慢慢上升，涌进运河的各个支渠，向当地居民许下五谷丰登的承诺，梅瓦汗的眼前却总是浮现出那具漂浮在水面的肿胀尸体。

没过多久，五条支渠里形成了五片水绿的水面，但对守夜人来说，它们再也奏不出舒缓的乐曲了。

一天傍晚，梅瓦汗正抽着水烟，又看到一具尸体漂浮在水面上，然后卡在中间那条支渠的栅门上。他用竹竿反复地捅着那具尸体，直到尸体一头栽进支渠。他回到自己的房间，躺在绳床上，打开收音机，里面响起一首流行的民歌。

时间过得飞快，在二十五年里，他已经用竹竿把二十具尸体推入了支渠。

六月的一个晚上，一具尸体卡在中间支渠的栅门上，守夜人用那根"阅人无数"的竹竿捅了过去，把它送上漫长的水路旅途。他刚躺在绳床上，还没来得及睡觉，就有十几个人骑着摩托车轰隆隆地出现在运河总闸门的上方。他们用手电筒照着铁栅门，用惊恐的声音大声喊叫，让梅瓦汗起床。

"你有没有在运河里看到一具尸体？"其中有一个人问道。

"没有。"守夜人迷迷糊糊地回答。

"你什么时候上床睡觉的？"

"可能是半小时前吧。"梅瓦汗看了看手表，手表上的数字和指针在夜色中闪烁着绿色的光芒。

"如果你在水里看到尸体，请把它拉上来，我们一会儿再来。"

梅瓦汗沉默良久，想把真相告诉这些人，但他没有这样做。这些人分成五队，每支队伍沿着一条支渠进行搜救，他们的手电筒照在波光粼粼的水面上，反射起幽灵般的微光。

又有一天下午，梅瓦汗正在听收音机里的歌曲，这时，他听到其中一条瀑布的声音不太对劲。收音机正在播放他最喜欢的歌曲。"先听完这首歌再说吧，听完我再去看看是什么挡住了流水的去路。"他自言自语道。但下一首歌就像上一首歌那样好听。接下来的歌曲也非常美妙动听，他发现自己根本挪不开脚步。直到五点的时候，收音机里传来整点新闻的标志性旋律，他才大步流星地去查看，想知道是什么挡住了流水的去路。一具尸体脸朝下，在充满泡沫的水面晃动，周围浮动着一片废弃的人字拖、塑料瓶、泡沫塑料和木头。接着，尸体开始像陀螺一样转了起来，衣服在尸体的周围膨胀，茂密的黑发在头顶飘荡。梅瓦汗想把尸体翻过来，看看它的脸。但最终他还是用竹竿压住了它，让它滚进一条支渠，重新开始它的旅程，走向未知的目的地。

这时候，收音机播送的新闻已经结束，新的节目开始了——听众点播西莱基语歌曲。他躺在绳床上，把收音机放在毛茸茸的胸口，看着在主运河闪亮的水面上翻飞的燕子，乐得合不拢嘴。

晚间祈祷后，梅瓦汗十六岁的儿子和他的邻居骑着摩托车来到运河的总闸处。

"爸爸！"梅瓦汗的儿子号啕大哭起来。

"一切都好吗，儿子？"梅瓦汗从他土房子墙上的圆洞里探出头来。

"爸爸……拉姆……赞……拉姆赞掉进……水里了。"男孩的声音嘶哑了，他开始痛哭起来。

"什么？拉姆赞？"他的父亲跌跌撞撞地走出房间，浑身发抖，脸色苍白。

"是的，你的儿子掉进运河里了。"邻居答道。

"啊，老天啊，什么时候的事情？"梅瓦汗问，他的声音因痛苦和震惊而颤抖。

"大约两三个小时前。你有没有看到他经过这里？"邻居问道。

梅瓦汗没有回答。一股汹涌的潮水向他袭来，他感到头晕目眩，瘫倒在地。

当他清醒过来的时候，发现自己被吵吵闹闹的亲戚朋友们围绕着，他们正在制订搜救办法。他们组成了几个小组，分别沿着各条支渠搜救，一定要把尸体找回来。

无花果树的花

塔杰·拉伊萨尼

Taj Raeesani

少顷，太阳像一位迟暮的美人，把黄昏的微光吞进红色的熔炉。残阳的余晖向外散射，如同闪耀的群星，又像是馕饼散发出热腾腾的香气，让饥饿的人如痴如醉。夜幕之中一团漆黑，土房子里的泥灯发出胆怯的微光，格外惹人注目。石碾在碾麦，发出吱吱呀呀的声音，让人觉得那是饥肠辘辘的人在无助地低语。四周都是岩石和群山，一个女孩坐在无花果树下，看着面前一堆聊胜于无的面粉，哼着伤感的曲调。有时候，她会盯着车队简陋的帐篷。在那些帐篷里，年轻的男子劳累了一天，正在休息。而那些年轻的女子与她年龄相当，温柔地躺在丈夫有力的臂弯里，编织着自己的未来。一个星期前，这个吉卜赛部落离开信德地区，前往沙漠。在整个旅途中，他们一直在寻找可以吃的东西。即使在路上看到一片泥泞的水洼，也会让他们欢呼雀跃。

　　今年的雨下得很准时。雨水在大篷车上奏起了生生不息的乐曲，就像一位老人向刚娶进门的儿媳表达自己对后代的渴望。这些乐曲在大地上编织出如幻的意境，如同在地毯上绣上了各种各样的花朵。她来自这个部落里一个地位卑下的家庭。父亲是个勤勤恳恳的铁匠，为男人制作斧头、匕首和马蹄铁，为女人制作银首饰，有时候还在婚礼上帮人打鼓。她的哥哥在营地吹号，经常带来干柴，还会帮她点燃。她整夜忙碌，为大家磨面粉，烤馕饼。这项工作让她与土壤建立密切的关系。她的眼睛充满了怒火，因为她看到洪水不断冲击之后，在大地上留下了许多裂痕，如同她的脸上佩戴着的槲寄生，让公公对未来的希望落空。

对于及时而来的降雨，女孩欣喜若狂，这意味着即将到来的好收成。她能够想象她的桶里将装满麦子，她整夜整夜地碾磨。所有人都能分到更多的份额，她的手也会因长时间磨麦而充满水泡，所以她也能分到一些。这让她想起了苏索的歌，她的心中充满了更多的渴望，车队的年轻人常常在沙漠中唱歌，随时准备用自己的热血来换取苏索的桃金娘。这些歌声让她的心中充满了悲痛，她想到自己没有权利获得任何男人片刻的温存。部落有着特殊的习俗，女孩们只能在一条特定的道路上放牧。在荒芜的小路上，当走到母骆驼旁边时，她常常虔诚地和其他人一起唱歌，完全忘记自己。

即使在她唱歌的时候，黑夜似乎也被她的声音所淹没，而附近石碾的声音像是她的卫兵。

无花果树宽大的叶子来回摆动，像是在为她的歌声伴奏。夜晚的树叶沐浴在点点的露珠之下。部落里的人对她很严厉，总是让她感到害怕，她想起现在应该开始为明天的早餐准备馕饼了。当她正要停止转动石碾的时候，她感到周围有一种光芒，这种光芒也笼罩着无花果树。她浑身发抖，感觉到有一股肾上腺素涌入她的身体。她发现，是无花果树上的一朵小花在发光。在这种恍惚中，她甚至听不到踝环的声音。同时，关于无花果树的种种传说向她涌来。部落里的人们相信，只有那些即将蒙受真主赐福的人才能让无花果的花朵结出果实。他们还相信，无论你将无花果树的花朵与什么东西放在一起，这种东西将再也不会匮乏。当她伸手握住树枝时，树枝也随着她身体的姿态而弯曲。她用手指接触到这朵花，小心翼翼地摘下了它。

当这朵神奇的花朵碰到她粗糙的手掌时，她心中所有的欲望都被激发了出来。她想把这朵花放在她的银器里，然后把变出的所有首饰都分给女孩们。她希望天使再用其他首饰填满这些器皿，然后让部落里的每个女孩都拥有此生最多的首饰。她正沉浸在这些郁郁的思绪中，公鸡发出了报晓的信号。她又想到了烤馕饼的事。

女孩小心翼翼地把花朵放在深深的口袋里，开始生火。当她吹动火苗的时候，一些小小的火花向她袭来，她怕火焰把花朵烧毁，想把它放在安全的地方。她稍稍后退了几步，远离柴火，开始思考这些事情的重要意义。她首先想将这些花朵和银币放在一起，这样，银币就会越来越多，可以装满许多袋子。

但驴子发出可怕的叫声，这提醒了她，装满银币的袋子非常沉重，难以携带。而且，她的骆驼或马匹也不够，不能让她带着这些银币和车队一起跋涉。驴鸣刚刚停息，火焰就发出噼里啪啦的声音，提醒她时间太久了。她决定烤馕饼，否则，部落首领就知道她夜里什么也没干。把花朵放进口袋，放下面粉后，她急匆匆地跑进她存放物品的小屋子。她跳过昏睡的狗，靠近她的物品，折腾一番后，她打开了一个装了差不多一半粮食的袋子。把花朵藏进那个袋子后，她满意地回来了。想到这半袋粮食永远也使用不完，车队再不用宰杀牲口的时候，她笑了。虽然，她的手会因此磨满水泡，但不会再有流血事件发生了。

破碎的梦

瓦希德·祖海尔

Waheed Zuhair

你永远不知道命运的战车会把一个人带到何处，就像你永远不知道流星会陨落在何处。死亡也是如此。谁知道自己什么时候会死？死后会埋葬在哪里？大地母亲会不会将你拥入她的怀抱？自古以来，人类和风暴一直在玩捉迷藏游戏，仿佛它们都是为了对方而被创造出来。生命是无所事事的另一种说法。多么遗憾，在所有的风暴、火焰和贫困中，我们的生命处于漫无目的的状态。甚至连我们的影子也经常从这座破败的小屋溜走。不过，我依然相信人的勇气所具有的力量，它的火焰恐怕能熔化高山。

　　迷离的夜色正与小屋嬉戏。寒冷刺骨的风……漆黑一片，荒芜一片。我的心陷入一种奇怪的困境。大家都躺在床上，依偎在美梦的怀抱中，对外面的世界毫无知觉，我的心却不安分。暴风雨——这场暴风雨今晚拜访我，让我永生难忘。我看到了这场风暴的肆虐，它充满了瑟瑟的寒意。靠近火堆，身体就会燃烧。远离它，将会是刺骨的冰凉。我为什么浑身麻木？

天空中的云层越来越黑，就像额上令人生畏的头发，雷声使云层显得更加可怕。我担心这个顶棚残缺的破旧小屋会被肆虐的风暴掀翻。我的狗怎么了？听到一点动静，它就狂吠数小时。或许，它刚刚察觉到了风暴的秘密。斟酒的爱人带来的沉醉比美酒更甚，我的整个身体昏昏沉沉，毫无知觉，沉醉于爱的双眸，比沉醉于索茱海洋般的双眸更让人陶醉。但我充满希望，是的，充满希望。曙光将照亮这个阴郁的孤独之夜。这个夜晚很不寻常，风暴毫不停歇，我的心也悸动不停，我在等待黎明，等待我生命中的新黎明。我眼中只有索茱那张黄褐色的脸。今天早上，我在马背上做着白日梦，突然松巴变得很暴躁，我无法控制住它，它跌跌撞撞，我像球一样滚落在地。突然有人扶起了我，给我力量，让我站了起来。我简直不敢相信自己的双眼：我魂牵梦萦的人，我长夜的明灯，我的信使，我孤独中的朋友——索茱就在我的面前。是的，索茱。

"你受伤了吗？"她用奇怪的声音同情地问我。

"没有。"我肯定地说，"但松巴在哪里？"我问道。

"松巴是谁？"她说。

"松巴……松巴是我的马。"我说。

"哦，对了，它就在土堆对面。"

我们去找它。它的几个蹄子都受伤了。索茱把她的披肩递给我，让我将披肩作为绷带，包扎它的伤口。我从她手里接过披肩，又从背后给她披上。她很感动，像花一样羞怯起来，眼里闪耀着光芒。我被爱冲昏了头脑，不断靠近她，想把她揽在怀里。她用手挡住了我。我看到她的手受伤了。

"怎么了，索茱？"我担心地问，"你的手怎么了？"

"这是你的印记。"她说。她那如海洋般美丽、深邃的双眼充满了爱。

"我的印记？"我惊奇地问道。

"是的，你的印记。"她重复道，"昨天你路过的时候，我正从河里打水。看到你，恍惚了一下，就滑倒在河里，手也受伤了。"

"所以松巴的伤是人为的？你将我的马作为复仇的对象。"我开着玩笑说，"但是……但是索茱，现在我要复仇了。"

"怎样复仇？"

"当我明天和萨达尔[1]来这里向你求婚的时候，你就知道了。这些花很快就会成为我脖子上的花环。我将骑着松巴，飞着过来找你。"

突然，我觉得有人想叫醒我，把水溅到我脸上，让我醒过来。哦，是雨滴落在我的身上。我的生命何时才能迎来曙光？突然间，传来一阵枪声，然后是窸窸窣窣的声音。豺狼在夜晚的嚎叫总是带走梦中的宁静，就像你试图让激流更平和，而它却成了海啸。

"好……好……"

这些是什么声音？似乎就在我房子的附近。我从房子里走出去，看到萨达尔和几个人就在不远处，有人跑过去。

"萨达尔先生……萨达尔先生！索茱的哥哥因为通奸的事情枪杀了她和沙穆。他们已经死了。"

1　萨达尔，即俾路支部落的头人或领主，当地最富有的人，也是最有权势的人，往往掌握部落里的生杀大权。

萨达尔笑着说："好得很……只要我们这些人还活着，懦夫就会这样死去。"

我心情沉重，仿佛整个人开始燃烧，只能跑回屋里。刚才整个天空都是彩虹，现在却是一片黑暗。我不知道我应该为谁报仇。我变成了一具腐烂的尸体，痛苦折磨着我。大地的怀抱和母亲的怀抱都只向纯洁的人敞开。我很惊讶，为什么这位母亲拒绝把这些罪人拥入她的怀抱。像所有的母亲一样，大地母亲十分无助。

有一天，我路过他们的坟墓，一个声音吓了我一跳。

"你疯了吗？"

我环顾四周，是尚特尔在那里。她说："我知道你会来这里。像你一样，索茱姐姐夜里也经常睡不着。那是一个奇怪的夜晚，锅里传来某种声音，索茱过去查看。但是她吓得跑了回来，她看到沙穆在偷东西。她正准备去告诉她的哥哥，沙穆却追了过来，用手捂住她的嘴。这时候，先生也过来了。沙穆试图逃跑，但先生向他开了枪。犹豫片刻，先生又向无辜的索茱开了枪，她被打死了。我愤怒地摇着先生，问道：'为什么……你为什么要这样做？她做错了什么？'先生当时没有说话，但是后来，他对大家说，我做了我必须做的事。我维护了我的荣誉。"尚特尔叹了口气。"我告诉先生，索茱是无辜的。你为什么要杀死她？妹妹会给你带来这么大的负担吗？我一直这样质问他。有一天，先生终于告诉了我真相，他悲伤地说：'尚特尔！索茱的确是无辜的。但是，我开枪打死了沙穆，可能被指控为谋杀。人们一定要让我以命抵命。为了保住自己的性命，我不得不向索茱开枪，这样我就可以用荣誉的名义掩盖我的罪行。我知道这种行为根本算不上英勇，我只是在遵循一种错误的习俗。'"

"我希望躺在坟墓里的不是索茱，而是我。"尚特尔说，"这到底是谁的错？谁的心中对这个世界充满梦想？谁能生活在这样的环境中？谁？告诉我，回答我！你也是男人。这算什么男子汉的勇气？"

我一言不发，陷入沉思，久久地盯着索茱的坟墓。我欲言又止，说不出话来，就像有一个肿块卡在我的喉咙里。我仿佛被蛇咬了一口，所有的梦想都破碎了，我浑身麻木。

对愚者要用棍棒 [1]

叶海亚·哈立德

Yahya Khalid

我仍然害怕她，童年时对她的恐惧丝毫未减。即使她从来没有辱骂过我，也没有打过我，但是她还是给我造成了阴影。我依然记得，只要她用眼睛瞅着我，我就开始发抖，即使有时她的眼神充满了爱。她性格很暴戾，和其他孩子玩耍时，她尤其以作恶为乐。如果被她看到，我们跑都跑不掉。无论谁被她逮到，都要竭力用手保护自己的身体，因为她会胡抓乱咬。附近的所有男孩都受够了她这样的行为。

　　有一回，我就碰到这样的意外。放学之后，我拿着弹弓去打鸟。为了找到鸟儿，我穿过一条沟渠，走到对岸的松树林里。松树林里也有一条沟渠，里面有一眼水井，我们村的人每天都会去那里取水。正当我在寻找鸟儿的时候，我听到水花溅起很大的声音，有人摔跤了。我看到是罗舒在那里。她在上来的时候滑倒了，水罐摔碎了。我要倒霉了，我想着。她径直朝我走过来，愤怒地吼叫："你打碎了我的水罐。我要告诉你妈妈，你打碎了我的水罐。她应该赔我一个新的水罐。"我心想:"老天啊,请帮帮我!我今天触了什么霉头?我只是在打鸟。"

"罗舒姐姐!"我说,"哎呀,我什么时候打碎了你的水罐?天哪!不要冤枉我。"

"没有冤枉你,就是因为你看过来,我的水罐才摔破了。"她说,"我不会放过你的。"她一边哭泣,一边不断地威胁我。接着,她朝着我家跑过去。我试图说服她,但她根本不听我讲话。到了我家之后,她哭得很厉害。听到她的哭声,我的母亲走出来问:"孩子,你怎么了?"她抽泣着说:"婶婶,你儿子打碎了我的水罐……你要赔我一个新水罐。"

我说:"她在撒谎,妈妈……天啊,她的水罐不是我打碎的……当时我在很远的地方,她自己滑倒了。"听到我这样说,罗舒坐在我们家院子的地上,不停地哭泣:"不给我买一个新水罐,我就不走。"

她不断地纠缠,我的母亲扶着她站起来,答应给她买一个新水罐,她才停止了哭泣。母亲把我叫进屋内,不让我出去。晚上我出去玩耍的时候,脸颊已经肿起来了。她嬉笑着从我身边经过,我那被母亲用拖鞋抽打过的脸颊加倍地疼痛起来。但是,我避开了她,我知道,我最好不要和她讲话。当然,经过这次事件,放学之后,我再也不敢胡作非为了。在之后的日子里,再也没有人来找我母亲告状,鸟儿也不再受到惊扰了。我也算是因祸得福了。

有一天,我们这些男孩子在乡村俱乐部玩击棒游戏时,无意中听到理发匠说:"卡卡·法扎勒·丁的女儿罗舒的婚期将在今晚确定下来。"正在用棒子击球的巴布突然停下来说:"嘿,嘘……大家听,理发匠在说什么……"法兹拉说："看来我们的麻烦很快就要结束了。"

阿斯拉姆接下来的话一语惊醒梦中人，让我们都开心不起来。他说："如果她就嫁给我们本村人，不会离开这里，那怎么办？"我说："等等，让我问问理发匠吧。"大家同意了我的主意。于是，我问理发匠她要嫁到哪里去，他回答说："她会嫁给她的表哥。"听到这个消息后，我们大家都欢呼雀跃。理发匠感到很奇怪，问我们为什么这样开心。我们告诉他说，能够摆脱罗舒，我们十分高兴。

几天之后，罗舒的婚纱到了，接着举行了婚礼前的彩绘仪式，第二天，新郎过来迎娶她。我们所有的男孩都去乡村俱乐部参加了她的婚礼。婚礼是按照本地传统形式举行的。证婚仪式结束后，罗舒被送到新郎身边。新郎是个精神的年轻人，肤色白皙，身材挺拔，体形魁梧。看到新郎的模样，卡拉评论说："他看起来像个运动员。"法兹拉附和着说："他可能真的是个健美运动员。"

加尧姆说："但是，他根本不知道，他今天娶的实际上是个漂亮的女巫。"卡拉说："不对，伙计，我们的罗舒可比女巫漂亮多了。"法兹拉说："罗舒是美是丑，并不重要，只要她不在我们身边就行了。谢天谢地，我们已经摆脱了她的魔咒。"我们又在罗舒家见证她离家前往新郎家的时刻。她的哭声让我感到很惊讶，仿佛是我又打碎了她的水罐。我并不知道她为什么要哭，后来才意识到是因为她要离开家了。

正如俗话说的那样："人死了，很快就会被忘记。"罗舒对我们来说已经成为过去式了，因为她不再留在村里。但是，在罗舒结婚不到两年的时候，她再次回到了村里。结婚后，女儿有时会回娘家，这是很自然的事，但罗舒似乎在村里待的时间太长了。有一天，我坐在院子里写作业，母亲在做刺绣之类的针线活。我无意中听到她与隔壁妇女的谈话。那位妇女谈起了罗舒："你听说过胡斯娜女儿的事情吗？我听说她已经回来了，还是……""你在说什么？"我母亲吓了一跳，"真的吗？为什么会这样？"

"大家都在谈论这件事……"她回答说，"天知道发生了什么事……但我听说罗舒的婆婆不是什么好人。"

母亲停下了手中的活儿，开始讲话。我全神贯注地听着她俩的谈话。

"她跟婆婆住在一起还没超过两个月，然后就分开住了。那她现在为什么离开丈夫呢……"

"谁知道呢，姐姐！显然，她丈夫不仅长得英俊，收入也很高，他是政府公务员……"

"那她为什么要这样做呢？特别是，她如今还有一个可爱的儿子……"

"事实上，有些人根本不知道感恩真主的美意与祝福……"

我把书包放在家里，出去和朋友们一起玩耍，她们继续在讨论。第二天，村里所有人都在说罗舒离婚了。她回来后，我们又要面对过去的问题。这时候，我们已经长大了，但比我们年轻的孩子成了她的猎物。不到一年，她的婆家人就获得了她儿子的监护权。就这样，她陷入了疯狂。人们说她的丈夫非常爱她，但是，虽然丈夫百般迎合她，她还是不快乐。她的丈夫原以为罗舒陷入这样的状况，原因可能是她跟公婆有矛盾，所以他就和父母分开住。但是，这并没有解决任何问题。显然，她没有向丈夫提出任何要求，也没有任何抱怨，只是不开心，一直处在烦恼之中。有一天，趁着丈夫上班，她带着儿子离开了。此后，她的丈夫试图与她复合，但是都是无疾而终，只能百般不情愿地与罗舒离婚。现在，罗舒又回到村里，和以前一样疯狂和暴躁。现在的男孩们似乎不准备像我们这一代人那样对罗舒的暴虐态度逆来顺受。他们采取了对应的措施，开始追打罗舒，并且通过打碎她的水罐来戏弄她。于是，她整天大喊大叫，又哭又闹。看到她处于这样煎熬的状态，我心里有一种释然的感觉。

后来有一天，我们听说她又结婚了。与此同时，我儿时的朋友都通过了预科考试，一些人当了老师，一些人当了乡村会计。我和另外两个朋友被一所大学录取，我们住在同一个宿舍。因为上了大学，我们不能经常回到村里，只能通过每次朋友来访的时候，才能了解村里的事情。通过初级学院的十二级考试后，我回到了家乡。人们告诉我，罗舒和丈夫的家人闹矛盾，又回到她父母的身边。我的母亲跟另一个女人说："真可怜，她虽然再婚了，还是没有获得幸福……她再婚的这个男孩多好啊。"那个女人说："也许这不是她的错，只是造化弄人。"几天后，我们获悉罗舒又离婚了。我非常惊讶，百思不得其解，为什么她嫁给谁都不能顺心呢？她的这两任丈夫家境都很好，长得也很英俊，重要的是，她和对方都生了孩子。

不管怎样，十二级考试的成绩出来了，我去了城里进一步接受教育。有一天，阿克拉姆来到城里，他告诉我，罗舒要与纳比达结婚了。我非常惊讶：

"怎么可能呢？纳比达甚至比我们还小！他们怎么会结婚呢？"

"这是他们自己的主意，还是……？"我又问。

他说："不，完全不是他们的主意。纳比达的父亲请求罗舒的父母，让他们将罗舒嫁给他的儿子……"

"天啊，这也太荒唐了！他比罗舒小多了。怎么会出现这样的安排……"我还是感到震惊。

阿克拉姆说："一点也不奇怪，伙计……不要这样想，纳比达已经完全成年了……如果你看到他，你也不会相信那是我们小时候认识的纳比达……他现在看起来像个健美运动员。我希望一切顺利，他能让罗舒幸福。"

我不同意他的看法："不，阿克拉姆……罗舒之前的两任丈夫都很英俊，但是她总是不能与他们好好过日子。她怎么可能与纳比达好好过日子呢？从外貌上看，纳比达根本无法与他们相比……"最后，阿克拉姆说："算了吧，罗尚·贾恩，纳比达娶老婆是件好事。希望他们过得幸福！我们应该为他们祈祷。"

阿克拉姆的祈祷变成了现实，纳比达真的很幸福。他和罗舒一起过着美好的生活。他们生了三个孩子。我再也没听到罗舒回娘家住的消息，这在以前可是很常见的。

我充满好奇。有一天，遇到了纳比达，寒暄一番后，我问他："纳比达，你真是个魔术师。我很惊讶，你是如何让罗舒脱胎换骨的呢？"

他笑着说："相信我，兄弟，我从来没阻止她看望她的父母。但是现在，她喜欢待在家里。"

"你说得没错，纳比达。"我附和着说，"她看起来已经脱胎换骨了，愿主让你们白头偕老，幸福快乐。伙计，我觉得这完全是你的功劳。你是怎么做到的呢？"

他说："这并不是什么秘密，兄弟。实际上，'对愚者要用棍棒'是适用于这类人的逻辑。"

艺术家

赛义德·马吉德·沙阿

Syed Majid Shah

1

他是天生的风景画家，只画风景画。他从不在乎人们是喜欢他还是讨厌他。每种观点在他看来都不全面。他常说，任何存在着的东西都不应该是那样的。他脑子里可能对事物存在的状态有某种完美的观点，也可能他有一种乌托邦式的幻想。他自己并没认识到这一点。他所有的朋友都认为他是个狂热分子，并逐渐离开了他。一开始，长辈和亲戚经常劝说他，但是慢慢地，他们都保持了沉默。为了让他摆脱恶灵的侵袭，他的母亲曾经为他驱魔，求神问卦，后来也慢慢倦怠了。对于他的这种情况，兄弟姊妹们哀叹一番之后，也就不闻不问了。没有人能忍受他这样的人，他的想法太过于与众不同，从来不会踏上常规的、简单的道路。

阿德南似乎总是分不清真实与幻想。例如，当他在坦迪亚尼创作一幅风景画的时候，就面临着这种困惑。他面前的风景与他画布上的不同。朋友说，这和你画的不一样。阿德南离开画布，回答他说："过来一下，从这个角度看，如果那座山向旁边突出一点，前面的另一座山再靠近一点，并且再高一点，这座山旁边的树木更多一些，更密一些，如果那座山谷里有个小湖，你想象一下，景色会多么美丽。"

他让大自然变得更加美丽，但是走过了头，脱离了现实。在他看来，世界上没有任何东西是完美和完整的。一切都有缺陷——每个观点、每种理论、每种思想、每个人。在他看来，花草树木、飞禽走兽都不完整。人们不理睬他，但他也从不在乎任何人。

人们常说，花草树木、飞禽走兽，包括山脉和溪流，都在骚扰阿德南。整个宇宙都在对他生气。树木非常讨厌他，夏天的时候，如果他走向树木，它们就会收起伞盖。如果他走近水井，水井就会愤怒地闭上眼睛，假装睡着了。所以，他总是口渴难耐地返回。冬天的时候，太阳为他减少了热量。雨水收起了水滴，花儿隐藏了芬芳。这些是对他批评大自然的一种惩罚。

在这个世界上，如今只有萨基娜对他不离不弃。但是，她觉得阿德南生了病，试图疗愈阿德南的双眼。她希望阿德南能如实发现事物在现实中的完美。为不存在的东西哭泣是没有用的。她避开人们的目光之箭，整日整夜地跟随他。同时，她也很惧怕阿德南的双眼。可怜的姑娘们总是渴望得到赞美，她们期望每个男人都具有古典诗人的灵魂，永远用饱满的赞歌来奉承她们。萨基娜希望阿德南喜欢她的鼻子、耳朵、嘴唇、眼睛和脸颊，按照她本来的样子欣赏自己的容貌。当她拜访阿德南的时候，总是在脸上罩着面纱。无论萨基娜是否戴着面纱，阿德南都不在意，他只向萨基娜分享自己藏在心中的一切东西。萨基娜连续几个小时聆听他，作为一个狂热分子，他也习惯于滔滔不绝地讲话。在讲话的时候，他甚至从不看她。他仍然醉心于自己的思想。世界上的一切在他看来都是不完美的，这个不适合这里，而应该在那里，稍微改变一点，靠边一点，这个颜色不适合这只蛾子，它应该是那个颜色。为什么它的羽毛这么长？看看它奇怪的喙。如果这个鸟冠再高一点，头部和尾巴再加一些长羽毛，它不就成了世界上最美丽的鸟吗？他问萨基娜。等一下，让我把它画得完美一点，说完后，他把画布放在自己面前……这位不开心的女孩再也说不出话来了。她不明白应该怎样去阻止阿德南，从哪里切入话题，告诉他周围存在的一切都是美好的。

阿德南的观点太奇怪了，让人无法理解。人们认为他是个疯子。对他来说，这反而是好事。不然，他们会说他是无神论者和异教徒，并且杀死他，因为他曾经批评过全能真主的所造之物。

人们不理睬阿德南。他们认为，阿德南日日夜夜被自己的想法所折磨。

萨基娜日日夜夜冥思苦想，要怎样去和阿德南交谈。她整天都在思考，怎样在阿德南面前讲话才不会让他厌烦。她想说服他。她知道阿德南非常敏感，也是个有教养的人。此外，他还很健谈。他还是个推理大师，但是，可怜的萨基娜甚至无法熟练运用逻辑。

2

有一次，萨基娜鼓起勇气说："南！你说的都对，但你有没有想过，由于你的奇怪观点，你变得多么孤独。"阿德南疑惑地看着她……

萨基娜继续道："你不觉得没有人愿意和你在一起吗？连你的父母、兄弟姐妹都不搭理你。在这整个世界上，除了我，没有人听你讲话。"

阿德南："我认为并不是如此。"

萨基娜："你记不记得你多久没和别人讲过话了？"

阿德南："我不知道。我从来没想过这个问题。"

萨基娜："我觉得没有人喜欢和你待在一起，人们也无法容忍你稀奇古怪的观点。"

阿德南："是的，我知道。我的思维方式与他们不同。话不投机半句多，金匠不能与铁匠做朋友，这是很正常的。"

萨基娜（惊恐地）："你说得没错，但铁匠和金匠可以共度患难，这也是事实。当你生病的时候，没有人来看你，我感到很悲伤。他们甚至不过问你的健康状况。"

阿德南："哦，我亲爱的姑娘，别管这些鸡毛蒜皮的事了。我没有时间听你讲这些没用的话。"

萨基娜："南！你至少应该考虑考虑。"

阿德南（笑了）："你考虑这些事情就够了，我不需要考虑。我不需要想其他事情。"

萨基娜（望着天空）："那么，你拥有我？"

阿德南："是的！你不相信吗？"

萨基娜（认真地）："你是认真的吗？"

阿德南（握住她的手）："你今天是怎么了？娜！你是我的朋友，如同我将西本山和西容河当成我的朋友。"

萨基娜："把我和它们相提并论？！你在说什么？我是个活生

生的人。"

阿德南："和它们相提并论！娜，我的爱人！它们也和你一样，是活生生的快乐生灵。和你一样，西容河也拥有神奇的声音。"

萨基娜（后退）："你总是别出心裁。"

阿德南："你知道为什么你和别人如此不同吗？"

萨基娜："为什么？"

阿德南（郑重地）："因为我认为你不属于人类。"

听了这句话后，萨基娜大吃一惊，然后狂笑起来。阿德南很严肃，试图把话说完，但他自己后来也开始笑了。

萨基娜："所以……哈哈哈……人类……哈哈……哦，我的天。"

阿德南："别再笑了，你的笑容很妩媚，我都忘记我要说什么。"

萨基娜（笑）："我的天！我可不需要一位哲学家。"

阿德南（抓住她的耳朵）："听我说！"

萨基娜："哦！不要用力，很疼……好……我在听……"

阿德南（充满爱意，为她擦眼泪）："我说的是……"

萨基娜（戏谑地）："说你不认为我……"

阿德南（宠溺地按着她的鼻子）："不属于人类……你实际上是一只恒河猴……你就像大自然一样美丽……而且……你是我的生命……"

萨基娜（看着他的眼睛）："你说的是真的吗？"

阿德南："我对你起誓……有时，我觉得你在通过西本山和西容河的声音讲话。你在花草树木中讲话。你的身影从日月星辰以及周围的万事万物中映照出来。实际上，整个宇宙都是用同一种颜色绘画出来的。"

萨基娜（把头放在他的肩上）："南！你知道吗！这是你第一次表达出爱意。"

阿德南（把手指放在她的头发上）："我只知道我曾在内心与你交谈。对我来说，只有志同道合才是真正的爱。"

萨基娜："不！我亲爱的哲学家！我们女孩子都像那些娇艳的花朵，如果没有充满爱意的甘露来灌溉，就会枯萎，然后死亡。"

阿德南（笑）："那你最好去死……"

萨基娜（充满爱意）："我今天已经死了。我可以问你一些问题吗？"

阿德南："当然可以。"

萨基娜："我担心……如果你……为我……"

阿德南（看天空）："看啊，阳光从云层中透出来了。这的确是非常奇怪的景色。"

阿德南突然拿起画布，不再理睬萨基娜……萨基娜压制着怒火，让自己保持安静。

即使是世界上最美丽的景色，阿德南也认为是不完整、不完美的，但今天，萨基娜希望阿德南能够对她的美貌发表一些看法。

她渴望获得赞美，被埋葬在甜言蜜语里。对她来说，严苛的话就如同毒药，而甜言蜜语就是解药。今天，在听了这么多赞美之后，她已经神情恍惚了。但是，她害怕他下一步的行为，害怕他对自己说，你的眼睛应该这样，嘴唇有点……她沉默不语。过了一会儿，她开始烦躁不安。她想知道阿德南到底有没有称赞过她，或者……

3

萨基娜想让阿德南进入她的世界，但阿德南想生活在自己的世界里，和他的画布在一起。这是恋人之间最大的问题，他们都希望对方进入自己的世界。他们属于两个不同的世界，彼此都是外星人。火星居民如何能在木星生存？也许，这就是每个爱情故事都以分手结束的原因。

萨基娜继续说服他，现实存在的事物才是唯一的真理。阿德南说，如果树木长在那里不恰当，就必须把它们替换掉。事情不是本来就是正确的，而是被纠正过来的……你为什么要化妆？人为什么要做整形手术？为什么我们要修剪花园？为什么世界被人们改变？这不是我说的，相反，这是树木、山脉、溪流和湖泊自己说的。你听不到它们的声音。而我常常与它们交谈。所有这些都不是我说的。

萨基娜继续试图说服他：人虚构出来的东西终究是虚构的，你不觉得我们越是玩弄自然，每天面临的逆境就越多吗？突然，阿德南的额头闪现出智慧的光芒。他拿出西本山的风景画，画中的山峰过多地向西边抬高，山上有一片茂密的松树林。他把这幅画放在萨基娜面前说："看吧，娜！我想让你自己听听西本讲话。"他把画放在一边，坐在一旁，"如果你能倾听领会到花朵和它的芬芳，你就不会说什么。你自己会明白，这些事物希望被我们美化。它们也不喜欢枯燥和沉闷。我的画布就是它们的镜子。我不画现实中存在的东西，而是画让人看起来觉得美丽的东西。万事万物都希望被改变。变化是这个宇宙的本来面目。我很惊讶，为什么你不明白。"

萨基娜说："人们说，你批评大自然会让宇宙感到恼火。你不喜欢自然之美。像你身边的人们一样，大自然也离开了你。"阿德南笑着说："人们喋喋不休。他们都是疯子。大自然只对那些丑化它容颜的人感到恼火。而我是在为它洗脸，为它梳妆。如果美容师给你化了一个美丽的妆容，让你变得非常漂亮，你会感到厌烦吗？人们羡慕你的美丽，你会对她生气吗？"

他问她，"哦，天真的女孩！你知道吗？周围的这一切，甚至是昆虫、植物、杂草、山峦、狸猫和河流都爱我。我不在乎那些普通人，他们都疯了。"

4

有一天，当萨基娜来找他时，阿德南跑过去拥抱了她，还吻了她。她吓了一跳，害羞地说："亲爱的，发生什么事了？今天你为什么这么兴奋？"

"我想给你看点东西。你看到这个东西会很兴奋的。"阿德南的快乐是值得看的。"那就给我看看吧。"萨基娜不耐烦地说。阿德南把一张画像放在她面前。那不是别的东西，正是萨基娜的画像。

她注意到，画中人的眼睛之间的距离比她实际的要大，嘴唇有点厚……鼻子有点高……耳朵……下巴……额头……头发……甚至她身体的每个部分都画得与实际情况有点不同。萨基娜盯着照片看了很久。画像比萨基娜更漂亮。她的怒火在燃烧，认为这画中人就是她的情敌。现在，她也像那棵树一样对阿德南收起了伞盖，像井一样闭上了眼睛。她心碎了。萨基娜不能在阿德南面前哭泣，因为害怕阿德南说她的眼泪中没有忠诚。他会说，你的忠诚也应该更多一点，当你哭泣时，你的鼻子会收缩，你抽泣的脸颊显得很难看，看看你下巴和额头的皱纹。她起身就走。

不管整个大自然是否对阿德南感到厌烦，但萨基娜现在已经对他生气了，这是事实。阿德南甚至没有理会它。他从来没有意识到萨基娜不再来看他。

现在，整个宇宙中的所有人，包括他的亲人甚至萨基娜都再不会理睬他了。但阿德南有一个美丽和完整的世界，在这个世界里，他与他的父母、兄弟姐妹和萨基娜一起生活。对着这个萨基娜，连续几个小时和她一起交谈，他都不觉得厌烦。

伟大的痛苦

萧亚·哈利克

Shoaib Khaliq

在那个令人心驰神往的宇宙深处，他发现自己置身于虚无之中。他处于"存在"和"不存在"的正中间，凝视着两端：一端是激动人心的"不存在"，它足以吞没整个宇宙；另一端是他自身的"存在"，就像一颗隐形的微小粒子，正瞪着他自己。在"存在"与"不存在"的环绕下，他看着自己的双手。他盯着拇指指纹的最内圈，希望那里能焕发光亮。他在想象中摩擦着手指，拇指的指纹变成一个黑球。现在，他握着黑球，觉得这是他拥有宇宙的永恒证据。

对自我的这种发现让他处于狂喜之中，他像宇宙中的星系一样运行起来。他在太空中快乐地旋转，盯着一颗星星。这颗星星脱离了自己的轨道，慢慢向他移来，轨迹形成一条细长的光线。不久前，他刚听到这颗星星脱离轨道时发出的爆炸声。

这似乎向他透露出某种奇怪的信息。他推测，在一切的最初，无数或明或暗的天体都被固定在一个中心体上。这个中心体离现在的星座系统有几十亿光年的距离，这说明它已经存在了非常长的时间。当中心体膨胀至一定的体积后，出现了一团黑色的神秘空间，无尽的孤寂弥漫在一无所有的虚空中。

十亿年的长时间等待促成了最终的大爆炸。事实上，正是这次大爆炸带来了宇宙引力。接着，宇宙中所有星体的内引力奏响了"万物一体"的回声。这是宇宙舞动的旋律，是永恒旋涡和无尽旋转的产物。

这一全新的觉醒带来的幸福感让他欢欣鼓舞。他调皮地扔掉手中的黑球，仿佛就此把"过去的时光"也扔进了深渊。现在，黑球和过去的时光都被他扔到了宇宙深处。黑球越飞越远，但始终通过掌纹延伸出去的线和他的手相连接，这样，他可以随时把黑球拉回来。

现在，他正看着那颗脱离轨道后朝着他飞过来的星星。他用激动的眼神盯着那颗星星发出的光芒，举起手掌，将掌纹朝向星星。掌纹从手掌中飞出去，包裹住星星的光芒，在一阵激烈的飞行之后，将星星抛向另一个方向。释放了闪耀的星星，掌纹又回落到他的掌心。他用舌头舔了舔手掌，发出喜悦的笑声，笑声回荡在整个宇宙星系。悬浮在宇宙之中的群星都在他的掌纹牵绊之下，他的心里充满了征服群星的陶醉感觉。置身于宇宙之中，身处"存在"和"不存在"之间，他同时也等待着，想看清自己的脸。他有一种直觉。这种直觉证实了他自我的存在。虽然他就是这一切，如果没有这种直觉，他什么都不是。他知道，虽然他的灵魂是一切之源，但他也是依靠实体的身体到达此处的。

现在，在宇宙漆黑的磁性角落，他处于两个极端之间。他知道，如果他吸气，整个宇宙连同所有星系都会被吸入他的体内。同样地，如果他呼气，宇宙中的一切都会被抛向无限的深渊。但是，他不会那样做。虚无之中一直有新生。在遥远的地方，某个星系吸引了他的目光，他敏锐地观察到它。那个星系看起来很熟悉。他感到心头一紧，用意念让那个星系向他靠近。但他又想到了太阳，生起一丝悔意。他可以向各个方向观察。

看吧！弹指间，黑球已经把那个星系拉扯到自己的引力范围内。他可以清楚地看到那个星系正向他奔来。看着黑球，他笑了。

黑球的引力正让围绕星系中心运行的粒子彼此间越靠越近。现在，整个星系已经被压缩到黑球的引力场中，像一颗微粒，粘在黑球的外表面。他举起手，张开手掌，把他手上的所有掌纹变成一条细线。这条线通过它的引力将黑球拉回来。黑球返回了，停在他的手中。

突然，一种新的存在感从他的身体中涌出。他在太阳的温暖中获得了安慰。他感到一种前所未有的幸福，并试图保持这种恍惚的状态。他觉得整个宇宙都集中在他拇指指纹圆圈的中心点上。当"不存在"的圆圈与"存在"的圆圈相连时，宇宙盯着他。在这种氛围中，他想看清自己在黑球闪耀表面上的倒影。但是他意识到，手掌纹路变成的那根细线已经离开了，他无法触及。

接着，他全神贯注地盯着黑球，通过手指让黑球在手掌表面旋转。黑球开始在他的手掌中融化，变成了液体。现在他看到，在他手掌上，融化的液体中有一个小小的太阳。他甚至能感觉到这个太阳的热量。他试图用另一只手的食指粘住太阳，把自己的感受传递给它，但却没有这样做。在一种未知力量的吸引下，他潜入这摊液体之中。

他悬浮在液体中，看到地球围绕太阳运行。一种奇怪的情绪淹没了他的双眼，模糊了他的视线。在那些行星中，他也看到了自己的黑球。他知道，黑球现在离那些行星很远了，它运行的轨迹比太阳系还要大。黑球曾经是他手中的一个玩具，一个用来娱乐的黑球，从他"不存在"的直觉中产生。许多星系曾经被它吸引，向它靠近。但现在它是一个躺在他"存在"领域里的小颗粒。在他看来，这就像一颗无形的粒子融入了他。

淹没在指纹上最小的圆圈里，从"不存在"的限制和引力中解脱出来，他向"存在"的感受靠近。他以光的速度离开虚无的领域，朝着"存在"的方向前进。在进入地球的引力时，光速开始颠簸。颠簸改变了速度的感觉。接下来的那一刻，他看到一个大陆出现在地球明亮的表面。然后，某个国家的地理环境让他想起了自己的家乡。他在故乡的城市街道上漫游，很快到达家乡的图书馆。

书堆里响起了电话铃声。他把视线从写字板上移开，把笔扔在纸上，同时控制住自己的愤怒。他拿起听筒，似乎想匆匆地结束这个电话。电话里的人开口说：

"你好，帕特瓦里先生！我已经把死亡证明交到法院了。你听着！请赶快把土地过户到我的名下。把这件事办完，约翰尼……"